抬头看天 云朵朵

一位留美二胎妈妈的陪伴心得

天鸣 著

天津出版传媒集团
百花文艺出版社

图书在版编目（CIP）数据

抬头看天，云朵朵 / 天鸣著 . — 天津 : 百花文艺出版社， 2023.3
ISBN 978-7-5306-8425-2

Ⅰ . ①抬…　Ⅱ . ①天…　Ⅲ . ①散文集 – 中国 – 当代
Ⅳ . ① I267

中国版本图书馆 CIP 数据核字（2022）第 198170 号

抬头看天，云朵朵
TAITOU KANTIAN，YUNDUODUO
天鸣　著

出 版 人：薛印胜
责任编辑：刘佩莲
装帧设计：刘戈宁
出版发行：百花文艺出版社
地　　址：天津市和平区西康路 35 号　　**邮编：**300051
电话传真：+86-22-23332651（发行部）
+86-22-23332656（总编室）
+86-22-23332478（邮购部）
网　　址：http://www.bajhuawenyi.com
印　　刷：天津和萱印刷有限公司
开　　本：880 毫米 ×1230 毫米　1/32
字　　数：250 千字
印　　张：9
版　　次：2023 年 3 月第 1 版
印　　次：2023 年 3 月第 1 次印刷
定　　价：58.00 元

如有印刷质量问题，请与天津和萱印刷有限公司联系退换
地址：天津市东丽区航双路与津滨快速路口处东北侧航空商务中心 7#
电话：18611192765

自 序

这是一本注定看似松散的小书，因为这是我每天对生活中一些点滴和感悟的记录，因此没有很鲜明的主题，毕竟生活是丰富的。这本小书也不是育儿书，看似很多事情是发生在我与孩子之间，但其中的感悟其实也适用于成年人。

书中有很多稚嫩的小画儿，画的内容大多数与文字内容的契合度并不高，主要因为我画画的能力还没达到那个高度。我没专门学过画画，我最初只是很喜欢临摹一些小画儿。上学那会儿，喜欢临摹几米的画，成家以后喜欢临摹张小溪的画，每次画画的时候，我整个人会感觉到无比的安静，那个片刻是沉浸的，只是有娃以后，就没有再主动留时间和精力画画了。

去年大约五月份的时候，我整个人陷入了一个焦虑的状态，因为长久以来，我是顺着一条在外界看来就应该这么走的道路在往前走，做着我其实不喜欢也不擅长的事，因此，拧巴的状态就可想而知了；我想去追寻自己内心的热爱，但是又不够勇敢跨出既有的路径，因为担心别人的眼光和评价。

就在这么一个状态下，我再次拿起了画笔，在每个清晨，孩子们还在睡梦中的时候，画一幅小画，在平静中直面自己的内心，我随手拍了我画的小画，配一句简短的类似早安问候的话，发个朋友圈，没想到我的小画儿还能得到一些好评。慢慢地，我不再去临摹，而是创设了一个自己的人物形象——一位名字叫“云朵朵”的小女孩儿（我的两个孩子名字中都有个“云”字，因此我有两朵小云朵）。又接着，在很偶然的一个早晨，我把前一天发生的事情以及从中得到的感悟配着小画儿，一起发了朋友圈，没想到得到了很多共鸣和正反馈。我得到了鼓舞，开启了小短文配小画的形式，收获了一群忠实的读者。

我每天从生活中得到的感悟，其实很大程度上是在进行自我疗愈和自我说服，我想让我从原生家庭带给我的阴影中走出来，我想让我能够勇敢地去追寻自己内心真正的热爱，做真正的自己。

后来，我先生建议我偶尔可以穿插一些轻松愉快的点滴，于是，我就加入了“乐一乐”系列，记录发生在我们家的一些幽默欢乐的瞬间，没想到，也很受欢迎。

因为每天都能得到正能量，我终于在去年11月，鼓足勇气跨出了既有的轨道，去追寻自己内心的那份热爱，不管结果怎样，至少我的人生不会留有遗憾。从那刻起，我感到了前所未有的轻松与自信！

我的小画和小文也在继续着，它们俨然已经成为我的一种习惯，有不少朋友建议我，可以把它们整理成一本书出版，可以和更多的人分享，我经不起“怂恿”，于是就有了这本书。

希望它真的能够给更多的人带来一点启发或者鼓舞。

陈天鸣

2022年4月22日

颐和美地西园

目 录

巷子里的猫很自由，但没有归宿

我们小区里野猫很多，昨天有两只跑来我们家院子里蹓跶。我家叫虎头的小狗蹲坐在窗边看着它们，还时不时叫两声。

哥哥说：“虎头会不会很羡慕这些自由的猫啊？可以到处跑，没人管。”

我说：“不一定。如果虎头知道这些猫每天不一定能吃饱肚子，也没有舒服的地方睡觉，也许就不羡慕了。”

我停了停又说：“如果虎头觉得自由是最重要的，吃不饱肚子也没关系的话，那它肯定非常想和那些野猫一样自由。”

哥哥说：“真想问问虎头，它到底怎么想的！但我还是希望它能留在我们家里，我们以后多带它出去玩玩吧！”

“没问题！”我爽快地答应了。

林徽因说过一段话：“巷子里的猫，很自由却没有归宿。围墙里的狗，有归宿终身都得低头。人生这道选择题，怎么选都会有遗憾。”

她针对的是婚姻，但其实这句话有普适性。任何选择都会有利弊得失；一旦做出了选择，就坦然接受所有的机会成本，过好当下；实在无法接受，那就鼓足勇气，接受所有沉默成本，再做一次选择，切忌在抱怨和不满中度日。

尊重孩子的审美

昨天哥哥终于去理发店理发了，之前几次都是Tony爸爸理的，理完的效果基本就是一颗大卤蛋。说实话，那发型还挺符合我的审美的（除了有点坑坑洼洼），简约又能保持朝气！

但是，大家都建议他以后不要找Tony爸爸理了，所以他对Tony爸爸的“热情推销”采取了强烈抵制的态度。

其实，我自己是不怎么喜欢理发店给哥哥剪出来的效果的，他们总是把两边的头发剃得很短，头顶上留一大簇。跟理发师说，剪短一点，效果就是把那一大簇打薄一些而已。

昨天理出来的效果依旧是那样，更多了一个“亮点”——发际线给修平了！理发师问我哪里还要修一下，我面露难色，脱口而出：“前面怎么这么平？”

理发师说，哥哥自己还挺喜欢的。

爸爸问哥哥自己觉得怎么样，哥哥面无表情地说：“还行吧。”（我发现他在外面的时候，喜欢装得很“波澜不惊”。）

爸爸说：“他自己喜欢就行。”

回到家，我看他左照照，右照照，好像很满意的样子，还跟我说，这发型跟一个打球的哥哥很像！看得出他很喜欢。

“嗯，不错！喜欢就好！”我点头微笑，尽管那发型真的没有长在我的审美上。

不过我意识到，之前我把我的审美强加给他了。至少在发型上，我有点“居高临下”地否定他了。及时反省！

还是要鼓励孩子去表达自己的审美，这会让孩子变得更加自信，更加愿意去表达和展现自我。反之，在审美上总是被否定的话，孩子会形成自卑和自我否定的心理，也许会伴随一生，即使走出来也要花费很大的气力，比如我自己。

现在这一代孩子，正在经历着翻天覆地的变化，他们渴望并在骄傲地展示自己的审美，纵然有太多非议又怎样？

最好不要先斩后奏

昨天哥俩馋罗森的小零食，我就要了个外卖，忽然手机显示已经送达了，但是我没有收到任何电话告诉我到底是送到了小区的东门还是北门（疫情防控期间都只能送到小区门口）。

于是，我打了个电话给外卖小哥，外卖小哥说，还没送到，因为要超时了，他就先点确认送达了。

我明确地告诉他："你应该先打个电话问我能否先点确认送达的，你这种行为是很没有诚信的表现。"

站在一旁本来准备要去拿外卖的哥哥说："妈妈，你刚才好严肃。"

我跟哥哥说了说我对这件事的想法：这个外卖员先斩后奏的行为违背了诚信原则，也是对顾客的不尊重。

有些外卖员在快超时前会打个电话问我，是否可以先点确认送达，我都会欣然同意的，因为我也理解他们的不易。

但也有像今天这个外卖员的，先擅自点确认送达，再把商品送到的，我觉得是缺乏职业操守的。

我跟哥哥说："每个人都有自己选择的权利，我们不能擅自替别人做决定，一定要事先与对方商量，就像你参加的任何活动或者课程，我们都要先征求你的意见，如果给你报完名了再告诉你，你是不是会有点不舒服？”

“嗯，的确有点儿。”哥哥说。

所以，不到万不得已，尽量不要先斩后奏。

坏脾气的消失可以准确地反映智慧的增长。—— 尼采

昨天，爸爸不小心把弟弟搭的积木小家给弄倒了，弟弟立马大哭大叫起来，边哭边叫“臭爸爸、坏爸爸”，把手里的积木狠狠地扔了出去。

爸爸跟他道歉了两三次，弟弟的“火气”一点都没有降下去的意思，爸爸的脾气也上来了，愤愤地走开了。

我搂了搂在发脾气的弟弟，跟他说：“小家倒了是挺伤心的，但爸爸不是故意的，他也跟你道歉了，原谅爸爸吧！我们可以再一起搭一个小家。”

弟弟这时候尽管还在哭，但表情已经从不满转变成委屈和难过了。

我让他想哭就再哭会儿，不想哭了就来吃根奶酪棒。说完，我转身走开忙我自己的事情了，不一会儿弟弟挂着泪珠来找我拿奶酪棒了。

这时候轮到气呼呼的爸爸“控诉”了，说弟弟的脾气太大。哥哥也来凑热闹，说他也觉得弟弟脾气不好。

我说，这是因为弟弟还小，他不懂得控制自己的情绪，感到委屈或者不满了，就把脾气全部发泄出来了。

我跟他俩分享了我的观点：我觉得坏脾气是人与生俱来的，但坏脾气不会随着年龄的增长自然而然消失，它需要成长过程中修炼得到的智慧来“驱赶”。

尼采说：“坏脾气的消失可以准确地反映智慧的增长。”

他给了我们一个衡量自己智慧值的好工具！

我觉得我这一年智慧值有一点点增长，需要再接再厉！

世界是自己的

哥哥之前的同桌，尤克里里弹得特别好，每次元旦活动都能弹唱一首，哥哥觉得还蛮有味道的，有那么点跃跃欲试的想法。

前一阵子，我微信上跳出一个广告，是儿童尤克里里的课，三百多，免费送把琴，我毫不犹豫买了，心想哥哥不学我还可以学。

琴到了，课也开了，不出我所料，哥哥拒绝上课，他就想自己玩玩琴。反正我对琴的定位就是自娱自乐，玩得开心就好。

昨天，我在厨房听到了一阵尤克里里的声音，尽管没有什么规整的曲调，但感觉到了一丝丝的用心。

我悄悄走到客厅瞄了眼，只见哥哥坐在沙发上，很陶醉地“弹”着琴，哪怕抱琴的姿势和拨弦的方式都是错的，但感觉得出他是很享受当下的，似乎在叙述着什么。

他忽然发现了我在“偷窥”他，羞涩地一下子放下了琴，着急地说：“我乱弹的，不许笑话我！”

我说：“我是被你的琴声吸引过来的，我看你沉浸其中的样子，很好呢！而且你根本不用在意别人的看法和评价，自己乐在其中就好！”

我一直希望哥哥和弟弟能过得“自我”一些。

就像杨绛先生说的：“我们曾如此渴望命运的波澜，到最后才发现，人生最曼妙的风景，竟是内心的淡定和从容。我们曾如此期盼外界的认可，到最后才知道，世界是自己的，与他人毫无关系。”

我们最需要取悦的是自己，而不是他人；我们最需要做的是充实自己的大脑，丰富自己的灵魂，而不是浪费时间去“讨好”别人；丰盈自己生命的底色，不负人间一趟。

共勉！

如何才算是高品质生活？

如何才算是高品质生活？

答案是开放的。

我看到的一个回答，打动了我。

“如何才算是高品质生活？”

“看见周围任何事物，都不会羡慕嫉妒恨。”

高品质的生活，不必是高配的物质生活，也不必是各种动听的头衔。

高品质的生活，是找到自己恰当的定位，舒展地生活。深谙有得必有失，不艳羡别人的“得”，因为没看见他们的“失”；不抱怨自己的“失”，因为有别人没有的“得”。全身心地过自己的生活，保持“有人爱，有事做，有所期待”的状态。

态度决定你做得怎么样

哥哥的数学作业，连着好几天都被老师画了几个红圈圈打回来订正。他也有点小沮丧，说并不是自己不会做，但不知道为什么总是会有各种各样的错误。

我让他回想一下自己做作业时候的状态：有时候训练回来以后有点累了，无精打采地在写；有时候是看着在一旁玩耍的弟弟，一肚子“怨气”地在写作业；有时候，着急地想和弟弟抢动画片看，飞快地在写……

我跟他说：“你数学的解题能力绝对是没问题的，你想要完成作业的动机驱动着你去做作业，也很好，唯一的问题，就出在了你的态度上，带着情绪草率地做题，大概率都会出错的。”

哥哥出神了片刻，不知道是否在回忆自己做题目时候的样子，然后说了声似乎带有反省意味的“哦”。

这时候计时器正好响了，哥哥立马奔过去说：“弟弟，时间到了，现在轮到我看《龙珠》了！”……

能力决定的是你能做什么，动机决定的是你去做什么，真正决定你做得怎么样的，是态度。

共勉！

敷衍的答复很容易被识破

昨天我在回复一条信息，正斟酌着措辞，弟弟在旁边兴高采烈地跟我讲着马里奥游戏里的一些情节。

我的注意力没放在弟弟说的内容上，只是零星有些词飘进我耳朵，什么“酷霸”“桃花公主”“料理国”……然后我就随机“嗯”几下，想敷衍一下弟弟，表示我在听的。

弟弟忽然有点小严肃地问我：“说‘嗯’干吗？”

我立马意识到，我的敷衍被弟弟看穿了，我放下手机，看着弟弟，跟他道歉：“抱歉，妈妈刚才在忙着回复一条信息，没认真听你说话，妈妈发完这条信息，就好好听你说。”

弟弟不说话了，脸上挂了些小委屈站在旁边等我。

“好了，你继续说吧！马里奥他们到了酷霸王国吗？”我胡诌了一个。

“不对，马里奥他们先去的是料理国。”弟弟又一脸投入地跟我描述起来。

敷衍的回答连三岁小朋友都能识破，更不用说成年人了。对话就是需要真实的互动，不是在听收音机。

无论对小朋友还是大朋友，如果当下没有时间或者心情跟对方认真对话，最好说明一下情况，比如，“我在写一份重要的材料，我晚一点再听你说”或者“我今天脑子里有点乱，想先一个人静静，我们晚一点再聊”，这样对方不会对你的“敷衍”态度产生过多的联想和不满（我以前就对爸爸的“敷衍”不满过）。

时间久了，堆积起来的“受伤”和不满会扼杀掉交流的意愿。

共勉！

勇于尝试新鲜事物

我昨天带哥哥打球回来的路上，一时起兴，在罗森便利店买了包久违的抹茶味奶糖，回家随手放在了桌上。

弟弟被吸引过来了，明知故问地说：“妈妈，这是啥？”

“抹茶味奶糖。”我说。

弟弟拿起包装，他应该是想到了爸爸喝的绿茶，爸爸说，茶是苦的，小朋友不能喝。于是，他嘀咕着：“茶，太苦了，只有大人能吃。”

我笑了，也没说啥，心想，他少吃点糖也挺好。

过了会儿，他又转悠过来，拿起那包糖看了又看，嘟囔着：“这只有大人能吃。”还拿了一颗过来给我吃。

我都能看到他大脑门上闪烁着“眼馋”俩字。

我说：“你要不也尝尝？”

“不，太苦了。”他边说还边夸张地皱着眉头捂着嘴，跑开了。

过了一会儿，他又来了，我直接告诉他："这个不苦，是甜的，要不尝尝？"

小戏精依旧捂着嘴摇头，嘟囔着说"苦。"

我说："你尝一尝呗，如果觉得不好吃吐到垃圾桶里就行了，没准你觉得甜甜的好吃呢？"

弟弟终于同意了！他既紧张又兴奋地把糖放进嘴里，习惯性地皱着眉头，认真品味，还没含两下，就把糖"噼里啪啦"咬碎了，嚼得快没有的时候，直呼："太好吃了！"并且表示明天还要吃一颗。

我笑着说："你看，幸亏尝了尝吧，否则就错过这么好吃的糖了。"

弟弟开心地笑了。

知道了一款美味糖果，是弟弟最终勇于尝试的收获！

其实我们每一个人，在日常生活中，都需要有尝试新鲜事物的勇气。不断拓展自己的认知，拓宽自己的视野，扩大自己的圈子，我们才能够发现更多喜欢的东西，看到更多的风景，而不是仅仅局限于自己眼前一方狭隘的天地。

勇于尝试新的事物，可以发现新的机会。生命原本就是充满机会的，千万别因放弃尝试而错过机会。

共勉！

你美吗？

前天在拼图店结账的时候，售货员小姐姐跟我说：“美女，扫这个二维码可以后期订购裱框。”

哥哥头一歪，故作疑惑状地瞅着我，问：“美吗？”

我也很配合地仰起下巴，反问他：“不美吗？”

我后来跟他讨论起“美女”这个称呼。我觉得这个称呼适用于陌生人之间。这个称呼比“小姐”更保险，比“女士”更日常，比“大姐”更动听。

但是，在认识的人之间，用“美女”这个称呼，我个人是有点排斥的。既然大家都互相认识，知道对方的身份，那就可以用一个指代更明确的称呼，例如，王女士、赵阿姨、小明妈妈等。这体现了最起码的尊重，至少没有让对方感觉被当成了路人甲。

我跟哥哥说：“这就跟你们老师在一年级时候跟你们强调，在称呼自己认识的老师时，要把老师的姓也带上，道理是差不多的，体现的是对老师的尊重。”

我觉得在这些小细节上，多少还是体现了一个人的修养的。

什么才是真正的吃苦？

昨天爸爸在跟我聊他的一个员工，说这小伙子很优秀，不仅工作能力强，还很能吃苦。

这时候，“长耳朵”哥哥就问：“他们家很穷吗？”

我和爸爸都有点蒙，哥哥说“奶奶总说他们年轻那会儿，很穷，没得吃没得穿，吃了很多苦。”

原来哥哥误解了“能吃苦”的意思。

穷并不是吃苦，吃苦并不是忍受贫穷的能力。

吃苦的本质，是长时间为了一个目标而倾注自己的时间、精力和注意力。在这个过程中，需要放弃一些无效社交、一些无意义的消费、一些无趣的娱乐，甚至还要忍受不被理解的孤独。

吃苦的本质是坚韧、自制、坚持与深度思考的组合。

我说：“你们打网球的小朋友们能够在严寒酷暑中几乎每天坚持训练两三个小时，这也是能吃苦的表现！”

哥哥听了，好像有些小开心。

希望他对“能吃苦”有了一点正确的理解。

不必活在别人的期待中。——阿德勒

昨天晚上哥哥班里开了次云班会。各科老师从同学们提交作业的情况，总结了一下大家的学习状态，语文和数学老师还点名表扬了一批作业优秀的同学。

数学老师的表扬名单长长一串儿，感觉一半小朋友都被表扬了，但是哥哥不在其中，这也完全在意料之中，因为最近几次作业，问题层出不穷。我看到哥哥似乎嘟了下嘴，脸上闪过了一丝失落，但下一秒，又被一个同学的搞怪头像逗得忍俊不禁。

班会结束后，我问他：“刚才那么多同学的数学作业被表扬了，你是不是有一点点小难受？”

“你想多了！”他很干脆地回答，“那我语文还被表扬了，我也没开心大笑啊。”

但是他昨晚后来提交的数学作业，没有任何涂改，格式和书写都很清楚，也没有任何解题错误，居家学习以来，第一次拿了五颗星。

也许他是暗暗跟自己较劲儿了，也许又是我想多了……

他不被表扬和批评左右情绪，我现在觉得挺好。

换作以前，我会把他表现出来的“无动于衷”理解为“不求上进”，但自从看了阿德勒的《被讨厌的勇气》以后，我有了一些不一样的看法。

他其中一段写得很好：

不必活在别人的期待中，表扬和批评是对人最大的控制，如果你会因为别人的表扬而高兴，必然也就会因为别人的指责而伤心。人活着是为了自己而活，与别人无关。虽然有时候也要照顾别人的感受，但那并不是为了寻求认可和存在感，只是尊重对方而已。

我反观我自己的成长道路，感觉就是活在别人的肯定和否定中，以至于不管取得什么成绩，都无法获得自信，因为“我”的存在感是建立在别人的评价之上的，那是极度不稳定且无法控制的。这两年，我在努力摆脱外部认可的控制，在向内寻找自己，尽管没做出啥可以受到外部认可的“成绩”，但我能感觉到自己越来越自信了。

不要生活在别人的期待中，也许才能真正找到自己，并且做更好的自己。

热爱生活中的点点滴滴。—— 杰克·凯鲁亚克

昨天早晨，我在看MU5735相关的一些报道，看到一些乘客登机前最后的信息和留言时，眼泪就忍不住流了下来。

他们带着美好的期待上了那架飞机：有的是终于有时间带父母出游了，有的是终于要和心爱的另一半见面了，有的是终于攒够钱去广州旅行了……

哥哥见我落泪，问我又被什么事情感动了，我跟他说了一下我看到的信息。

同时，也告诉他，这次事故一下子让我感觉，这种不确定性离我们的生活好近。爸爸集团云南院的两个同事就是乘坐那架飞机去广州开会的，爸爸几乎每周都要乘坐东航的飞机出差。

哥哥听了，脸上闪现出了一丝紧张和害怕。

我赶紧安抚他，我说：“生活中就是充满了不确定性的，很正常，我们能做的就是珍惜每一天，过好每一天，热爱生活中的点点滴滴。”

移山之人都是从搬运小石头开始的

我一般不会主动过问哥哥的学习，但如果他有问题求助，我会热情给予帮助。最近一直是居家上视频课，他自己安排上课和写作业的节奏，我干我自己的事情。

昨天，他们数学开始学加减乘除混合运算了，晚上刚在小程序上提交完作业，数学老师的信息就来了，说哥哥交的作业让她很难过，运算的格式完全没有按照视频课上的要求一步一步来，直接跳跃到运算结果了。

这很明显是态度上的“草率”。

我把作业重新打印了一张，让哥哥重新写一遍，这次让他按照要求，把每一个运算步骤都写出来。他想赶紧写完，所有的等号都没用直尺，徒手轻画了两画，有些都快近似于冒号了。

我拿过他的课堂本，把那上面三道题的等号拿尺子重新画了一遍，边写边跟他说：“我现在还记得，我们小时候要求等号是5到6毫米左右的。”

他看我画完课堂本上的等号，又嘟着嘴把那张作业纸上的等号重新画了一遍。每个“有力”的等号都透露着他不愉快的小情绪。

等他情绪过去后，我跟他说，不要小看这些似乎微不足道的步骤和格式，等以后做复杂的题目，如果没有清晰的步骤和格式，解题过程中是很容易出错的，而这些好习惯从一开始就养成是最容易的。

做很多事情，跟解数学题一样，需要踏踏实实、认认真真地一步一步往后推演，就像搬走一座大山不是一蹴而就的，而是从搬运一点点小石头开始的。

你所追寻的答案一定会在你努力探索中展现

昨天爸爸突然故作神秘地跟哥哥说，他以前其实也有过一个英文名字，很特别，他决定送给哥哥。

爸爸还来了个“猜猜看”环节，说是前NBA（美国职业蓝球联赛）球星的一个绰号。哥哥胡乱说了几个不着边际的搞笑绰号，终于让爸爸耐不住性子公布了。

答案是Answer！这是曾任美国男篮梦之队队长的Allen Iverson的绰号。据说，只要他上场，整场比赛的结果也就基本揭晓，这个绰号由此而来。

爸爸说，他对这位球星的喜欢程度一般，但是喜欢他那霸气的绰号，很符合他自己踢足球时的风采。

现在，他决定把这个名字送给哥哥！

哥哥婉拒了。

为了缓解一下小尴尬，我说，爸爸能成为足球队“答案”的答案，是他对足球的钻研和苦练，据说大一暑假，他抱着个球，拿了本足球脚步的书，苦练了一个暑假，从此开始飞跃。

所以，我们要的答案都在我们自己的努力探索中，一起加油吧！

浩瀚宇宙中渺小的人类

最近哥哥听了好多关于外太空的科幻故事。

他昨天跟我说，他觉得我们现在说的宇宙很可能是更大的外太空世界中的一部分。

我说的确有可能，这么一想，我们人类好小好小好小……

我第一次把我以前时不时有的一种想法跟哥哥交流了一下，我说：“我以前，一般是在低落、迷茫的时候，会假想站在宇宙的视角看人类，觉得人类太渺小了，一生太短暂了；而我们遇到的‘烦恼’就更不值得一提了……还是快乐积极地过好自己的每一天吧。”

哥哥只是似懂非懂地“哦”了一声。

其实我以前的观点里，带了一点消极的成分，更多的是想通过“逃避”来安抚内心，这种“逃避”留下的“后遗症”就是一点点堆积的自我否定。到了现在这个阶段，我的想法变得积极了，面对困难和问题，我们先试着去解决，如果尽力了，还是没能解决，那就顺其自然，与自己和解，切忌把自己推入焦虑、低落的状态。

润物细无声的力量不可小觑

哥哥昨晚说今天还要带弟弟去小区中心广场玩沙子。

我说：“明天可能会下雨。”

哥哥说：“如果是小雨的话，没事儿的！”

我就问他：“那你是觉得大雨才更有可能让人浑身湿透了？”

他略显迟疑地说：“嗯……应该是的，大雨的雨量大啊。”

“嘿嘿，”我故作狡黠地笑了笑，说，“其实，小雨更有可能让人浑身湿透哦。”

我跟他说了一下我的逻辑：

下大雨的时候，带了雨具的人肯定会立马会把雨具用起来；没有带雨具的人，也会尽可能去找躲雨的地方。但如果下小雨，人们就觉得一点毛毛细雨，无所谓，在细雨中步速不改，活动照旧，之后，反而会发现浑身都湿透了。

“你看，这一点点润物细无声的毛毛雨是不是还挺厉害的？”我接着说，“就像你们平时的言行举止和小习惯，好的习惯会成就你，坏的小习惯很有可能会摧毁你。”

哥哥点了点头说：“好像有点道理。”

我“啰啰唆唆”地又追加了一堆话：“那你把你桌上的书本和文具整理好，不要每次写完作业，摊了一桌子就跑掉了！这么乱七八糟的书本和文具，会让你以后的学习规划、解题思路也会混乱一片的……”

这些看似微不足道的小习惯，其实对于大发展来说，可能更重要。

说起来容易做起来难

昨天中午，我和爸爸练了一个多小时网球，我有不少问题，其中包括了所有平时教练在场上跟哥哥反复强调的：弯腿降重心、蹬腿转身发力、急停、脚踩住……

所有这些理论知识我是熟稔于心，也会经常和哥哥叨叨，还偶尔给他比画。但我自己上场打的时候，我的实际表现和我头脑里那个近乎完美的理论真是相差太远了……

爸爸昨天也说了句大实话："你以为教练说的那些做起来容易？！例如，用肩瞄球，我也做不到！很难的！所以，小朋友们挺厉害了！"

我心里窃喜，说："原来你也知道，那还经常在场上吹胡子瞪眼？"

爸爸说，有时候他就是控制不住……但已经很努力地在克制了。

很多时候，家长觉得教练跟拿了魔法棒似的，他点过了，你就得立马会，否则就会着急上火。

其实，哪有那么简单，你自己上场试了，才会知道有多难，哪怕你对教练的话理解得比孩子透彻多了，但估计打球时的场面会比孩子尴尬很多。

所以，不管是学什么东西，我们都不要对孩子有“非分之想”，要相信大多数孩子都和我们自己一样，是普通人，学习是一个缓慢且螺旋式上升的过程，我们要给予他们耐心和信心。

如果忍不住要动气时，就想想，换作是我，或者是同时期的我，我也许做得还不如他呢，心情也许就会放轻松了。

成功源于后天的努力

两周前，我让哥哥每天都练习一下跳绳，尤其是“双飞”，以此加强他前脚掌的支撑力。

如果是网球训练的日子，在球场跳完再走。

结果，昨天训练，没带跳绳，他的队友跟他开玩笑地说：“你故意的吧……”

我说：“那就回家再补吧。”

回到家也比较晚了，吃点东西、写作业、跟弟弟打几个岔，做一下“π节”的手工（昨天是圆周率日），一看九点了，还要洗澡……

我就说：“要不今天跳绳就不跳了吧。”

哥哥欣然同意！但是他的“欣然同意”让我有一丝“淡淡的失望”。

我又开始叨叨了：“你要知道，成功主要还是源于后天的努力！”

哥哥嬉皮笑脸地说：“我后天肯定努力，今天和明天先休息一下！”

生活没有模板，放开手脚去创造

每个人有自己独特的经历、能力以及性格，所以，不要囿于任何人所谓成功的模板，也不要“听从”别人给你框好的模板。

做自己，创造打着自己印记的生活，让自己喜欢上自己。

对于孩子的培养也是，没必要去套用“别人家的孩子”的路径。

挖掘孩子自身的特点和优势，鼓励并强化它们，一般都能成就一个自信健康的孩子。

真正成功的人生，不在于成就的大小，而在于你是否努力地去实现自我，喊出自己的声音，走出属于自己的道路。

套用任何外在的模板，只会让人焦虑；抛弃虚幻的模板，创造自己的欢喜生活。

会哭的孩子有糖吃

弟弟上周末有点感冒发烧，很快就退烧了，就剩流鼻涕和咳嗽了，所以周一、周二、周三都没去幼儿园。其实周三是完全可以去幼儿园了，但他以各种理由不去，最经典的是，他手摸着额头，一脸认真地说："我担心我会发烧……"

昨天早晨，容不得他商量了，要去幼儿园，于是他站在餐桌边开始哭，哥哥为了哄他，把前天放学时，班主任老师给大家的喜糖给了弟弟，还真是有效，弟弟破涕为笑了！

我当时就想到了一句话"会哭的孩子有糖吃"。我不排斥"会哭的孩子"，因为这是他们表达自己的情绪、需求的一种方式。

而哥哥很多时候表现得有点"太懂事"，他会压抑自己的一些情绪和想法，但我和爸爸这两年一直在鼓励他去成为"会哭的孩子"，勇于表达出自己的真实感受，提出自己的要求，略见成效。

做个"会哭的孩子"，提醒我们在生活中不要总是委曲求全、逆来顺受，要敢于主动去表达、去争取，这样才能给自己赢得更多机遇。

如果你想再抛一次硬币时，那么答案已经有了

昨晚哥哥拿了两个冰淇淋出来，一个是香草口味，另一个是抹茶味的。

他不确定要吃哪个口味的，于是开始点兵点将，点到了香草味的，他说，再点一次。

我跟他说："不用再点了，其实你更想吃的是抹茶味的。"

他停了0.5秒，笑着说："好像真的是！"于是把香草味的放回冰箱，美滋滋地享用抹茶味的。

我们在不确定一件事的时候，通常想借助外力来帮我们做决定，例如，抛硬币或者去征求别人的意见。

当你抛完一次硬币，还想再抛一次的时候；当你听完一个人的意见，还想再找一个人问意见时，你的内心其实多半已经有答案了，你只是在找一个外力来支撑你自己内心的选择。

所以，硬币抛一次就可以了，不用消耗更多的时间和精力在纠结上。

什么样的人值得尊敬？

哥哥说他们班同学讨论过以后要做什么，最多的人是想做老师，包括他们班的那位学霸女生。

他说他自己没想好以后要干什么，觉得有意思的事情太多了。不过，他已经“抛弃”他小时候的想法了——当一名神奇宝贝训练家，说太幼稚。

他接着问我：“什么样的职业身份最值得人尊敬呢？”

我说：“值得尊敬这件事儿跟你的职业身份没什么关系，甚至跟你的年龄也没什么关系。”

一个大度上进的外卖小哥比一个光环笼罩但格局狭小的学者更值得人尊敬；一个善良热情的六岁小孩儿比一个内心阴暗的六十岁老人更值得人尊敬。

所以，没有值得尊敬的身份和年龄，只有值得尊敬的行为和品质。

自信点儿！

天气转暖了，我打算继续学我的网球了。

我跟爸爸说：“我打算跟何教练每周至少约一次球。”

爸爸说：“你怎么不找我拉拉球呢？”

我说：“你估计看不上我现在的水平……”

爸爸说：“自信点儿，把‘估计’去掉！”

顺其自然不是指什么也不做

爸爸对“顺其自然”一向有点“误解”。

小时候，我想让哥哥学学这个、试试那个的时候，他说：“那些用得着学吗？顺其自然！”

后来，是我偷偷去送哥哥学了网球，发现他能打得不错时，爸爸认可了。如果一味地“顺其自然”，错过了学习的黄金时期，那就有点可惜了。

“顺其自然”应该发生在，小朋友尝试了一些项目以后，发现的确不喜欢、不对时。

因为毕竟一开始，我们也不知道每个小朋友喜欢什么，擅长什么，那只有多试试。如果什么也不尝试，采取消极的“顺其自然”，那么小朋友就很可能一无所长，长大了会比较尴尬。

上学期，本来哥哥有一次很好的训练机会，是周末跟小伙伴们在户外训练，当然条件肯定比在室内要艰苦一些。

爸爸说：“顺其自然吧，你要问问哥哥愿不愿意。”

哥哥说：“不太愿意。”

于是，没去；于是，最近很后悔……

我一向的观点是，小朋友在还小的时候，有时候需要父母适当地“推”一下的，因为不是每个小朋友天生就有那么强的内驱力。你让小朋友做选择，他们大多数肯定是选择更为轻松愉快的事情，例如，玩儿。

总之，真正的顺其自然，其实是竭尽所能之后的不强求，而非两手一摊的不作为。

以更开放的态度对待心理咨询

昨晚有个妈妈联系我，问我是不是对心理学有研究，他们家孩子现在在打比赛的时候完全放不开（那孩子以前网球战绩很不错的），她想让我给她支招。

我自己只是略懂皮毛，但我把给哥哥做心理辅导的主任推荐给她了。她也直言不讳地跟我说，他们觉得是心理有疾病了才要去做心理辅导，没能接受。

2021年上半年，哥哥的打球状态很差，惧怕去训练，不敢打比赛，爸爸更是暴跳如雷。让他放弃网球，他却还要坚持。

我觉得这个状态已经有问题了，需要找专门的心理辅导专家来解决，于是有了哥哥去找李主任做心理辅导的经历，很及时地发现了问题的来源。

我们给他调整了训练环境，爸爸也开始注意自己的言行和态度。哥哥在2021年后半程的训练中，越来越开朗，球技也有了大幅度提升，找回了本该属于他们这个年纪的阳光灿烂。

在国内，我相信很多人目前还是无法接受心理辅导，觉得去做辅导就是有了心理疾病，不光彩。其实，恰恰是不去及时疏导心理小问题，才会真的导致严重的“心理疾病”。

高校中，不乏这样的案例，前两年，我认识的一个孩子，他都已经抑郁、狂躁到轻生了，父母还是不愿意送他去治疗，觉得丢人。

孩子的心理出现问题，父母责任重大：如果是不良的外部因素影响了孩子，那么我们有责任帮助孩子远离或屏蔽掉那些因素；如果是我们自己的言行和态度影响了孩子，那我们要尽可能地修正自己。

哥哥在辅导的过程中，我和爸爸也跟主任聊过两次，能够各自剖析出不少问题，感觉很舒服！

我一直认为，心理问题隐藏在很多人身上，我自己就是一个例子。我一直在努力地去疗愈原生家庭带给我的创伤，也正因为如此，我格外注意孩子的心理健康。

我们毕竟比我们的上一代人接受了更多的教育，有了更多的资源，我们需要并且可以突破上一代人带给我们的局限（往往是以一些我们熟视无睹的心理问题体现出来的），不要把一些负面影响传递给下一代。

当我们觉得自己无法认识和解决一些心理问题时，可以去心理咨询师那里寻求帮助，把专业的事交给更专业的人。

Psychological
counseling

人生无非两种结果，见笑了和见效了

哥哥生性腼腆，而且十分敏感，很在意别人是否会笑话他，在球场上也不例外。

作为一个网球选手，在比赛的时候其实是需要发点声音出来的，主要有两大作用：

（1）击球的刹那，大喊一声，把胸腹的一口气发出去，可以实现更大的击球力量和更快的球速；

（2）调整自己的情绪，让自己达到一个兴奋的竞技状态；不管是暂时落后，还是赢了一个球，一般选手都会大喊一声“Come on！（来吧！）”类似的话，给自己振奋士气。

但是，不管教练怎么跟哥哥说，不管对手喊得如何声势浩大，哥哥总是“默默无闻”地打球。唯一能听见的声音，是“鏖战”后喘着粗气的声音。

我和爸爸清楚他那“好面子”的个性，以前也没怎么强求他。但到了这个阶段，小男子汉要进一步释放自己了，鼓励他去尝试让自己在球场上发出声音，看看效果如何。

我说：“试试看，喊出声，大不了就是被人笑话一下，更何况其实也没人会笑话你。还有一种结果就是发现，喊出来，对于发力和情绪调节真的有效！那岂不是很棒？！”

人生中有很多值得一试的事情，要鼓励自己放手一搏，因为，也就两种结果：要么，达到甚至超出自己预期的效果；要么，大不了被人“笑话”一下（更何况还不一定有人顾得上笑话你）。

门口效应

最近我好像格外健忘：跑到三楼想给弟弟拿带去幼儿园的备用衣裤，到了三楼却忘了来干吗的；早上想再煮两个水煮蛋的，打开冰箱门却忘了要拿什么；想把哥哥的网球鞋带上的，走到门厅那边，想不起来要拿什么……

这让我有点紧张，难道脑子未老先衰了？我就又去查我这种症状的相关解释，百度让我一下子释然了，原来这是一种普遍的现象，在心理学上叫作“门口效应”，即当人们经历环境变化时，就有可能遗忘一些事情。

“门”是大脑用来分割、储存信息的“事件边界”。当你通过一扇门，进入一个新环境，大脑会相应地更新信息，删除一些被大脑认为不需要的记忆，为接收更多新信息做准备。这一更新过程在一定概率上会将你在通过这扇门之前的记忆漏掉，它们无法被带到新环境里，就产生了“门口效应”。有的时候，门可以是虚拟的门，例如，场景突然变化，我们也会“失忆”。

这在一定程度上也体现了我们思维层级组织的方式。

知道了“门口效应”以后，我对我的健忘释然了很多。

我同时也在想，我们大脑的这种思维组织方式其实在某种程度上也是鼓励我们不念过往，不畏将来，学会边走边扔，学会适时归零，人生路上，轻装上阵，才能走得更远。

哈气能赋予纸飞机灵魂

跟兄弟俩玩纸飞机，我每次总会习惯性地对着纸飞机哈两口气才会让它出发。

哥哥问我为什么要哈气，我还真不知道为什么，从小就是这么玩儿的，只是感觉哈了气以后，纸飞机似乎能飞得更平稳更远。

爸爸则故作神秘地说："那一哈气，是让纸飞机拥有了灵魂！"

哥哥已经很不屑这种"糊弄"的答案了。

我后来在搜索软件上搜索了一下，大致原理是：哈出的气能湿润机头，让飞机头稍微重一些，这样飞机在飞行过程中能保持平衡，也不容易后翻。

原来，一些我们习以为常的"小伎俩"，背后都蕴藏了一些科学原理的！

既然认准了一条路，何必去打听走多久？

我的一位朋友，花了好多年，终于通过了司法考试，成为了律师，实现了她的心愿。

她跟我说，备考这几年，她经历了从焦虑到坦然，感觉收获了比那张律师资格证更多的东西！

她一开始备考那几年，一直想着她到底什么时候能通过司法考试。有时候做题不顺，或者没抽出时间看书时，情绪就会上来，她的先生和孩子也能感觉到。

后来，她先生跟她说："你既然认准了这条路，那就一步一步慢慢走，你现在不比小年轻，有很多家庭琐事会占用你的时间，所以，你不要急于求成，从实际情况出发，坚持走下去就行，肯定能到，就是时间的长短的问题。"

她就这么渐渐调整了自己的状态，不容易上火了，家庭氛围也好了很多，反而觉得备考状态也好了。

她说，她自己的经历，让她对孩子的要求也变了。以前她希望她姑娘在三年级就把钢琴十级过了，逼着姑娘练琴，姑娘都不想弹琴了。她跟自己和解以后，对待姑娘学琴的事儿态度也不一样了，她觉得既然是想培养她的音乐素养，那就慢慢来，身心愉悦的状态，才能保证一直走下去。

的确是这样，既然认准了一条路，就认认真真、从从容容走下去，不必一直焦虑地去打听还要走多久，意义不大。

功不唐捐

周末哥哥打了两天的省运会网球选拔积分赛（第一站），从2009年到2013年的参赛名单上，看到了不少熟悉的名字，也看到了一些较为明显的动态变化，再次验证了“没有白费的努力”。

认真、刻苦、内驱力强的孩子明显有了追赶和超越。

功不唐捐，回报有时有形，有时无形，有时很快，有时很慢，但努力一定会有回报。

所以，看长远，默默做正确的事。

世界以痛吻我，要我报之以歌。——泰戈尔

作为父母，在“陪跑”的过程中，可能最有挑战性的一项就是，当小朋友看到了世间的不美好，感受到了人心的不善良，如何让他们不被影响，依旧积极阳光，以自己的善意去拥抱这个世界。

我自己能想到的是：

（1）告诉他尽量屏蔽一些不善良的言语（做到这一点其实很难，我自己都无法做得很好）；

（2）给予他最坚定的肯定和最强大的支持；

（3）我们自己继续善待周围的人和事，让他依旧相信世界的美好，继续保持着一颗善良、包容的心。

所有的事情都有它存在的意义，生命本来就是既有快乐也会有痛苦。用正确的态度去面对痛苦，痛苦才会产生积极的影响，让我们变得更好、更强大。

滑板强调的是参与的勇气

昨天下午去接哥哥打球，他见到我就无比兴奋地说：“我今天作业已经全部写完啦！”（老师在昨天的弹性作业时间的基础上还增加了“早完成作业有积分”的激励机制，小朋友们的做作业拖延症都“不治而愈”，而且积极性高涨！）

所以，昨儿晚上哥哥训练完回家，就可以一身轻松地跟小弟还有虎头玩一会儿。他抽出沙发下面的滑板，让虎头坐在上面体验滑行的感觉，虎头似乎还蛮淡定的。

哥哥忽然问我：“滑雪是冬奥会项目，那滑板是不是也是奥运会项目？”因为在市网球训练中心的同一层，有一个中国国家滑板训练基地（我们有一次碰巧看到他们训练，超级酷）。

我上网查了一下，才知道滑板项目已经出现在了2020年的东京奥运会上。今年2月4日凌晨，国际奥委会宣布，2028年美国洛杉矶奥运会将见证滑板运动成为一项成熟的永久性奥林匹克运动。

这个决定一定会带动起新一轮的滑板热潮！

滑板运动相对年轻，是20世纪50年代末60年代初由冲浪运动发展而来的；它一直以接地气的平民运动形式出现在街头巷尾。它其实还是比较安全的一项运动（据说危险系数排在钓鱼之后），它以滑行为特色，是崇尚自由的运动方式，体验与创造超重力的感受，以此带来成功和创造的喜悦。

参与其中，不要惧怕摔倒和失败的滑板精神，还是非常值得推崇的！

深海鱼不在意它们的长相

昨晚，弟弟指着画册上的巴氏黑巨口鱼和毒舌鱼，说：“好可怕……”同时还做出惊恐万分的样子（戏精弟弟经常会表演“好可怕”这一幕）。

哥哥凑上去看了眼，说：“是挺难看的！”

他接着问：“为什么深海鱼里长得难看的比较多？”

爸爸答曰：“深海里一片漆黑，谁也看不见谁，大家就随便长长了。”

鞋子合不合适，脚很诚实，我们有时候会骗自己

我网购了一双喜欢了很久的骑士靴，我看评论区里，好多人都说穿着帅气又舒服，“挣扎”了一下，把这双“内外兼修”的靴子拿下了！

但我自己穿的时候，感觉鞋帮有些硬，鞋头有些窄，但外形的确很可以，干练又不失秀气。我就跟自己说，这鞋子肯定舒服的，多穿就好了，新鞋子都这样。

一天下来，我的脚很明确地“告诉”我：这鞋子不合脚！我的小拇指外侧磨出了水泡，脚后跟那里也有点磨红了……

果然还是我的脚比我自己诚实。我觉得鞋好看，有一定品牌知名度，我的钱也已经花了，我就努力说服自己，这鞋子好穿的！

生活中，类似的场景不少，我们对自己不够诚实，我们更愿意“相信”展现出来的“光鲜外表”：动人的外形、体面的单位、豪气的住宅、表面体贴的配偶，而“忽略”自己到底冷不冷，舒不舒服，委不委屈。

我决定抛弃那双帅靴子了，还是要诚实地面对自己！

自我保护意识很重要

春节期间，我们有一次去商场，哥俩在玩具区看玩具，一位女士，带着一个两岁左右的小朋友，走到哥哥旁边，直接问他：“小朋友，你叫什么名字？”

我站在不远处，看看哥哥怎么回答，长大了一些，是否警惕感强一些了。结果，哥哥还是老老实实地告诉了那位阿姨他的名字。这时我走过去了。

阿姨听了哥哥的名字，说哥哥是他们家哥哥的幼儿园同班同学，她见过哥哥的照片，印象深刻，但是她几乎从没去过幼儿园，所以我们都不认识她。

事后，我们跟哥哥说：“如果再遇到陌生人问你名字，一定不能这么轻易地就告诉对方，你可以反问一下：‘请问您是哪位？’来确认对方的身份。”

最近因为拐卖人口的话题又被推到了一线，我们借机再次跟哥哥强调在外面对陌生人提高警惕的事情。

哥哥问：“那你们是不是也要保持警惕？”

爸爸说：“你老爸我身强体壮，而且到了这个年纪了，不太会有被拐的危险了；倒是你妈妈还有一点危险，女性哪怕是成人了还是会有危险。所以，你和妈妈可以一起去学一些防身的技能。”

我觉得这个建议不错！之前只是偶尔会有想学的念头，现在可以和小朋友一起安排落实了。

上周跟哥哥一起打球的好朋友就开始练习搏击了，她老爸和她一起练，因为成人和儿童的上课时间几乎是重合的，练习的感觉也不错！

我们也打算去试试！

在这个不断被刷新认识的社会里，提高自我保护的意识和能力还是非常有必要的！

小狗狗进一步激发出了孩子内心柔软的一面

昨天下午我提前把弟弟从幼儿园接出来，再去接哥哥，然后一起去接小狗。因为是迎接家庭新成员，所以必须一起！爸爸因为临时有事，就没能去。

哥哥早就给狗狗想好名字了，叫“虎头”，他很大方地抱起虎头时，我欣喜地意识到，他不再是那个看到狗狗绕着走，撸猫还要戴手套的小男孩儿了！

到了家，我们先把虎头安放在客厅靠窗的位置，觉得它可以有开阔的视野。店主叮嘱我们，为了让狗狗养成不吵闹的习惯，回到家第一周或者至少三天，都让它待在笼子里。

过了会儿，哥哥觉得靠窗那边可能会有点冷，又把虎头转移到沙发旁边，接近客厅的中间位置。

他看虎头窝在小床上，觉得它情绪有点低落，就给它找原因。是不是弟弟的动画片声音吵到它了？是不是饿了？是不是想它出生的地方了？……

哥哥时不时把笼子打开，让它舔舔手，给它摸摸头，后来干脆抱它坐在他腿上，给它梳毛梳了好久。

好不容易等到可以给狗狗准备晚饭的时间了，哥哥积极地去泡狗粮。

哥哥对虎头的细致和耐心，让我着实惊讶！他尽管对弟弟也不错，但顶多是和他和平地玩儿。因为弟弟毕竟和他一样，也是人类幼崽，他觉得照顾弟弟是爸爸妈妈的责任。

但对于比他弱小多的虎头，他内心那种保护和照顾弱小的柔软的那一面似乎进一步迸发出来了。

希望这股热情不只是“三分钟”而已。

信任的力量

我们家弟弟上大号有点费劲，而且经常是“暗自奋斗”结束以后才会通知我们……有几次他正在努力中被我发现了，我赶紧把他提溜到马桶上，他就“卡壳”了，搞得我现在都不太敢中途打断他……

我每次给他换洗的时候就叨叨“你现在三岁多了，大号要去厕所，想拉便便提前告诉我们”之类的。有两次我实在手忙脚乱的时候，也粗着嗓子严厉地批评过他。

弟弟每次的反应就是，要么神情严肃地听我叨叨，要么略带嬉皮笑脸地问我：“妈妈，生气？”总之，成效甚微，着实头疼。

弟弟可能是被我烦到了，最近都不愿意主动上报，而是让我们“闻味识别”了。

前天晚上，我突发奇想，换了种方式，不跟他讲道理了，而是说：“妈妈相信宝宝肯定能做到的，对不？”

没想到，小家伙居然流下了感动又似乎夹杂着一丝委屈的泪水，点了点头。

我心中不禁暗喜，觉得有戏！

果不其然，昨天晚上弟弟一动不动站在客厅正要开始“运气”

时，喊我了：“妈妈，我要拉便便！”我激动地跑过去，把他提溜到厕所，陪他迎来“历史性”的一刻！

他松了口气，说：“舒服了！妈妈，我可以在马桶上拉便便了！”

我感觉是传递给他的信任起作用了！

被信任的感觉在一个三岁孩子身上都能产生不小的影响，可见它的力量之大。

多给予孩子信任，也许能激发出他们更大的潜能。

表现得有爱的人能给人信任感

我们昨天终于确定了去接狗狗回家的时间了！

年前，有了想养一只狗狗的心以后，我们去了三家宠物店。前两家宠物店，环境不错，狗狗也很多，它们都待在自己的“小隔间”里，一看到有人来，大多数狗狗都兴奋地叫着、上蹿下跳，少数狗狗安静地趴着。

店主根据我们的偏好，指指笼子里的狗狗，再报个价，让我们感觉，在店主的眼里，狗狗就像一个没生命的物品，根本没有和狗狗的互动。

最后一家宠物店，小小的，走进去很温暖，没有“吵闹”的感觉。店主是一个像假小子一样的女生。我们去的时候，她正在忙着给店里的猫猫狗狗洗澡，她说要过年了，让毛孩子们也要香喷喷过年。

我们想看约克夏和灰泰迪，她就小心翼翼地把它们分别一一抱出来，搂在自己的怀里给我们看。每一只小狗狗在她怀里都显得那么温顺可爱，和之前那两家店里在笼子里狂吠的狗狗形成鲜明对比。

哥哥喜欢约克夏，但那两只已经有主了，只能跟店主预定年后的狗狗了。而我则一眼看中了店主自己家灰泰迪生的一只小狗狗，它的眼神一下子俘获了我，但还是尊重哥哥的喜好！

这个店主与狗狗之间的互动让人感觉好有爱，也一下子让我们对她产生了极强的信任感，连挑剔的爸爸也很认可她，于是，当天就跟她预定了一只约克夏。

由于我对那只灰泰迪的眼神念念不忘，而约克夏也一直没有到来，昨天跟哥哥、爸爸商量后终于一致决定，不等约克夏了，把我一见钟情的那只小狗带回家！

我们对选宠物、养宠物没有经验，所以每去一家店都小心翼翼，但最后那家店店主有爱的表现，让我们一下子“卸下了警惕”，接受了她。

表现得有爱可以给信任感加分！

最大的汤圆

昨天尽管是元宵节，但我想着反正爸爸不在家，哥哥要训练，就什么也没准备。

结果，哥哥跟我说，他其实很想能吃汤圆，毕竟是元宵节。

这么一个合理的小心愿，必须满足！

我立马在“盒马”上下单了速冻汤圆。

汤圆到的时候有点晚，我偷了点懒，把汤圆一股脑儿倒进盘子，放到蒸箱里蒸了。这样，我就可以去忙别的事情，等着蒸箱到时候“喊”我就行了。

尽管我把汤圆放进蒸箱的时候，隐约感觉不妥，但没想到那么不妥……

我打开蒸箱的时候发现，所有汤圆都“无国界”地融合在一起了，实现了“地球是平的”的景象。

我很抱歉地把那盘汤圆端上桌，很担心会让哥哥扫兴……

哥哥看到以后，惊讶且略带疑惑地说：“啊……这汤圆怎么成这样了……还能吃吗？”

“真是抱歉，我不应该蒸的……但吃肯定能吃，味道也不会差的！”我说。

“能吃就好！”哥哥笑了，说，“我今天吃的汤圆肯定是我们班最大的汤圆！”

哥哥的话让我很开心、很欣慰！

很多时候，同一件事情带给你的情绪与感受完全取决于你怎么去看待它。

横看成岭侧成峰，远近高低各不同。

要想拥有好心情，就调整你的小视角。

建立起责任感

昨天下午去接哥哥打球，他一上车就激动地跟我说，有一个非常大非常大的好消息要告诉我！

我也跟着激动地浮想联翩了0.5秒。

“我当上数学的小组长了！”哥哥开心地说，“我盼望了很久了！终于当上了！”（注：这里不是数学课代表，他们班一共22个人，分成四个小组，哥哥的小组一共五个人，他就是这五个人里负责数学的小组长。）

看他那兴奋的样子，我也很开心地祝贺他！

从一年级到现在，他们班一共就俩人没有学科上的职务，他是其中之一，他就勤勤恳恳地每天负责擦窗台。所以，昨天的“任职”对于他来说是历史性的一刻！他觉得是数学老师对他全方位的肯定！

晚上打完球回来，他首先做的就是数学作业，格外认真仔细。

他说，他现在要每天给组员的数学表现进行评价，所以自己首先要做好。他还想带着大家成为数学最好的小组。

这么一个小小的“职务”给他建立起来的责任感还是非常让人欣

喜的！不管他之后做得怎么样，有这个意识，已经是成功的一大半儿了！加油！

尽量多花些时间给你在意的老人，减少遗憾

爸爸的姑妈突然脑梗走了……

爸爸很难过，也很遗憾，他说，这两三年都没和姑妈好好聊过天，也都还没机会邀请她来南京玩。

姑妈是看着爸爸长大的，尤其是初中三年，爸爸从乡下到镇上读初中，午饭都是在姑妈家吃的。姑妈哪怕再忙，也不会落下爸爸一顿午饭。爸爸说，三年里只有一次，姑妈中午实在来不及赶回家了，就拜托了别人给他准备了午饭。

一切都太突然了，导致留下了不少遗憾。

这也再次提醒我们，尽量不要再说“等……时候”了，对于那些我们在意的老人，想到了，就立马去拜访一下，哪怕打个电话问候一下也好，尽量不留遗憾。

吃饱了撑着没事干

今天下午哥哥就要返校了，昨天上午至少还有1/4 的寒假作业没有完成。爸爸吼一嗓子，他做一点，没一会儿就又跑去跟弟弟玩一会儿，然后爸爸再吼一嗓子……如此循环到了中午。

难得没等我们问哥哥中午想吃什么，他就主动提出要吃松鹤楼的鳝鱼面，那肯定要安排，正好我和爸爸都不想做午饭。

一碗鳝鱼白汤面加上一碗细豆沙丸子汤，是哥哥每次的标配。

弟弟昨天早晨得知还有两天就要开学了，就开始有点“茶不思饭不想”，午饭也没吃几口，最后，哥哥替他分担了很多，导致哥哥最后直喊撑。

回到家，爸爸又开始催哥哥写作业了。哥哥说：“不是说吃饱了就没事干了吗？我吃饱了怎么还要写作业？！”

顺便提一下：我们欣喜地发现哥哥越来越幽默活泼了，这应该得益于他那位超级幽默活泼的同桌！真是开心！

乐高积木交换网络可行吗？

我们去商场给哥哥买运动服，旁边不远处有个玩具区，展示柜里放了一套拼装好的乐高超级马里奥。

年初二去商场的时候，弟弟第一次看到那套乐高，他在那里看了好一会儿，所以这次一到三楼，他就拉着哥哥径直奔向那里。

哥哥自打微信钱包里有了300元，就特别大气，说：“弟弟，你喜欢的话，哥哥给你买！”

然后一问价格，哥哥蔫了，最便宜的一套也要599元……他用求助的眼光看着我和爸爸。

爸爸“惊呼”道：“这怎么这么贵啊？！”

我淡定地说：“乐高都比较贵。”

爸爸一口拒绝：“这搭完了就放那里，还占地方，不买！还不如去打一次球呢！”爸爸是个典型的实用主义者。

拉着恋恋不舍的弟弟离开了乐高区域，作为“安慰”，让弟弟挑个精灵宝可梦玩具。这次哥哥有经验了，他叮嘱弟弟挑一个小一点的，他之前没有意识到玩具会那么贵。

在对待乐高积木上，我和爸爸的看法差不多，作为礼物我只给别人买过，从没给自己家买过。那么贵的一套积木，搭完了就只能摆在那里，不像木头积木、雪花片之类可以搭了拆，拆了搭。

当然，乐高的价格的确蕴含了它的价值，尤其是它严谨且富有创造性的研发设计和安全且精细的制造工艺。小朋友在搭建过程中能很好地锻炼到眼、手和脑。但我还是觉得性价比不高。

所以，我突发奇想，如果有一个乐高玩具的流转网络，大家只需自己拥有一两套乐高，就能和网络中的其他人进行交换（自己可以始终保留所有权），体验不同的套装搭建乐趣。当然，其中肯定会存在一些问题，例如玩具的缺失毁损等，但可以逐步探索和完善。

共享思维不知道能否帮助提高乐高玩具的性价比。

追求物质和心情美丽无可厚非

前几天，理发店都还没开门，哥俩头发都实在太长了，爸爸打算亲自上阵，遭到哥哥的坚决抵制。

爸爸想了一招，说能把他和弟弟省下来的三百元理发费直接打到他微信钱包里。哥哥“挣扎”了一下，同意了！

这招奏效了，我和爸爸都笑了。

敏感的哥哥有点不高兴了，说：“哼！你们在笑我爱钱！”

我跟爸爸都表示，爱钱没什么问题啊，我们也都爱钱，生活需要物质基础。

而且，一个人爱钱，他们一般都会为了赚钱而去努力提升自己，不管是提升自己的工作能力，还是提升自己吃苦耐劳的意志力。在自己创造的物质基础上，展开美好幸福的生活。

一般物质充裕了，格局也会大一些，很多不值得在意的细节会被忽略，心情会更美丽，有进一步全方位提升自己的基础。

我不想“装”得那么清高，物质和心情美丽就是我对生活俗气而热烈的追求！

你需要做的就是开始

昨天哥哥正和弟弟上蹿下跳，玩着真人版马里奥奥德赛，我冷不丁地扔过去一颗“炸弹”，告诉哥哥还有四天就要开学了，需要理一理还有哪些寒假作业没有做。

哥哥从沙发上“咚”的一声跳下来，“噔噔噔”跑到客厅说，最主要的就是那个主题研究还没有做。他们学校每年寒暑假都会有个主题研究，今年寒假的主题是“______与颜色”。

“主题确定了吗？”我问他。

“差不多确定了，我想研究‘生物与颜色’。”哥哥回答道，接着又说，“但我还没想好怎么写。”

“你现在只需要开始去做，很多问题会在这个过程中想明白。”我建议他可以先从找相关资料开始。

一旁的爸爸不声不响地拿来了他买的《万物大百科》和《知识大百科》，往桌上一放，略带得意地说：“看看这，是不是雪中送炭啊！”

哥哥和我对视了一下，又看了下“傲娇”的爸爸，扑哧地笑了，我“功力”略高一筹，就只是不屑地浅浅一笑。

很多事情，我们要做的就是开始！

真的只是开始而已，其他事情，我们会在过程中想明白。

这是你的比赛，去享受它吧！

昨天谷爱凌在冬奥会上拿下了大跳台的冠军，这是她最不熟悉的项目，所以更让人激动！

昨天第二轮，裁判给的分数不高，她排到了第三名。

她和妈妈通了个电话，妈妈建议她第三跳求稳，不要去挑战高难度的新动作。谷爱凌说：“不！”

妈妈说“好吧，这是你的比赛，你自己决定，好好去享受它吧！”

这句话太触动我了！谷妈妈在尊重孩子这点上做到了极致，孩子是独立的个体，她有她的人生，需要由她自己去选择，去经历！

反观同样是00后的滑雪天才少女，爱沙尼亚的凯莉，被看作是谷爱凌的“一生之敌”。她是由一位“狼爸”培养起来的，从小狼爸就把她当作成年人来训练，一年有200多天在雪场上训练（而谷爱凌每年在雪场上训练的时间连70天都不到），凯莉每天的时间安排被精确到分钟。凯莉的确在滑雪界拿了几个冠军，但她与她的狼爸已经决裂，她和妈妈寄居在朋友家。同样的事情也发生在日本的滑雪少女今井梦露身上，她的“虎爸”硬生生地毁了这个曾在滑雪界耀眼的明星。

我非常喜欢谷爱凌，也许我更喜欢的是她的妈妈谷燕，她把爱凌培养成了一个“完整”的人，也许秘诀就在于，她对爱凌充分的尊重与支持，让她去享受属于她自己的人生！

由此我就想到哥哥打网球，一开始是有反对声音的，说什么“会耽误学习”，会成为“头脑简单四肢发达的人”“太苦太累”……这些声音都被我毫不客气地扔进“消音器”了！

我一向认为打球和文化等学习是相辅相承的。尽管和有意向走职业道路的同龄孩子比，哥哥的训练时间算是少的，但我们更看重的是有效训练时间，以及他从中获得的快乐与自信，所以，足够了。

我从没奢望他们成为闪耀的娃，因为他们就是普通的娃，但我努力想让他们成为一个完整的娃，去享受属于他们的人生！

分享羽绒服

这个冬天，爸爸单位发了一件连帽短款羽绒服，他选了件黑色的。他平时很少穿这么厚实的衣服。我们俩像是从扛冻星来的，冬天快过去了，我们俩都没穿过秋裤，更不用说羽绒服了。

昨天爸爸陪哥哥在雪地里玩儿，把羽绒服翻出来穿了一下，回来后就挂在了门口。

我出门扔垃圾的时候，随手拿了套了一下，嘿，感觉还不错！因为我肩膀宽，穿着毫无违和感，连帽夹克设计还蛮有活力的，敦实的暖和感就不用说了。

爸爸看了，也觉得我穿得挺合适。于是，他说："你喜欢的话，我们俩可以共享这件羽绒服！我就冬天穿一下，其他时间都归你。"

怎么面对宠物的离去？

昨天哥哥问我们买的约克夏狗狗什么时候能到。

爸爸说：“请不要用‘买’这个字，太冰冷了，它以后也是我们家的一位成员。”

我说：“有道理！我们再耐心等等，我今天也问问我们的狗狗什么时候能到！”

爸爸说，他小时候生长在农村，最多的时候，家里养过五条狗，让他印象最深的是一条大黑狗，他从小就和它一起玩儿，在外面奔跑撒欢儿，它还能和他玩顶牛的游戏。

可是后来有一天，邻村的一个人玩气枪，把大黑狗当成了活靶子，大黑狗挣扎着走回家，死了。爸爸说，他当时非常非常非常难过，爷爷当时也气坏了，差点把那家人的门都给踹飞了。

大黑狗的离开给幼年时的爸爸留下了阴影，他说：“这也是我一开始不想养狗的原因之一。”

这是我之前没有想到过的，因为我缺乏这样的经历。我查了一些资料，发现的确有研究表明，家庭宠物的去世会影响孩子的精神健康，因为宠物是每天陪伴孩子生活的伙伴，小伙伴突然的离开，生活中不再有它们的陪伴和身影，孩子们会感到难过，甚至是恐惧与害怕。

我想的是，如果宠物的离去会对孩子的心理产生震动，那就说明，孩子在平时已经把宠物当成了自己的好伙伴，会关爱它，这也是我想养狗狗的初衷。

聚散终有时，不能因为害怕失去而拒绝接受和经历。我相信，只有引导、处理得得当，万一哪天狗狗真的离开了，也可以成为一次很好的“生命教育”的机会。

女人是在岁月中变美的

昨天爸爸忽然跟我说：“你越来越有中年妇女的韵味儿了，尤其是体态。”

我觉得可能是因为我穿了件夹棉的改良旗袍，略显臃肿，也可能我就是胖了一圈。

“我本来就是中年妇女，这不挺好吗？”我波澜不惊地回答。

“对对对，女人就是在岁月中变美的，爱她的人看得尤其清楚！”爸爸满脸堆笑地说。

这话一听，就知道他“有所企图”，再看他那一身行头，就知道他要去跑步了。

“你要跑步就去吧，不需要那么多花言巧语做铺垫。”我对他这一套都轻车熟路了。爸爸会觉得在节假日把俩娃独自扔给我，有点过意不去，所以总会变着花样“打报告”。

“嘿嘿，那我去跑一会儿啦，但我刚才说的话可是发自肺腑的！”说完他就忙不迭地去换鞋出门了。

我倒是很同意“女人是在岁月中变美的”这句话。我不怎么喜欢那些用力过猛的“冻龄”美女，太过于违背自然规律，反而会给人一种畸形的不舒服感。

我特别喜欢那些，脸上留下了岁月的痕迹，但一颦一笑却能让人感觉美到骨子里的人，她们皮囊下的灵魂经历了岁月的打磨，散发出了回味无穷的美。她们一般都很独立、坚定，会自我接纳并自我欣赏。

我要继续修炼，努力也成为一个岁月美人儿。

今天是我们最好的礼物

昨天，哥哥看到一句话，“He lives in the present（他活在当下）”。

他觉得很奇怪，就问我：“那个人怎么住在礼物里面，难道和鲁西西的罐头小人一样，是个礼物小人？”（哥哥上学期学了Present是“礼物”的意思。）

我一看，笑了，说：“可惜了，他做不成礼物小人了，这里的Present是‘现在、当下’的意思，所以，这句话是指‘他活在当下’。”

“一个单词居然有差别那么大的两个意思……”哥哥嘀咕着。

其实它们是有一定内在联系的，我记得罗翔老师在《刑法学讲义》中解释行为与结果的因果关系时，提到过这个词，让我印象深刻，摘录如下：

> 没人有能力去假设因果关系，人无法回到过去，已经过去的事情是不可逆的，没有任何力量可以把过去推倒重来，昨天已成历史，明天还是未知，因此我们把今天当成礼物，所以今天才叫Present。

珍惜“今天”这份礼物，欣喜地接受它，但不要肆意地挥霍它。

人的胸怀是靠委屈撑大的

昨天下午，爸爸出门跑步前，提醒哥哥要开始做做寒假作业了。

哥哥摊开作业本，弟弟就来喊哥哥陪他玩马里奥派对的游戏，哥哥说：“你先看一会儿宝妈（一个游戏博主）打的马里奥派对，我写完作业就陪你玩儿。”

哥哥给弟弟调好视频，就开始奋笔疾书。他比较有“自知之明”，就给自己安排了三页计算题、一页抄字、一篇英语阅读理解，不一会儿就写完了。他的理由是，不能让弟弟等太久，否则他会无聊的。

爸爸跑完步回来，一看这“哼哈二将”在打游戏，他张口就说：“不是让你写作业的吗？！怎么不写作业又跑来玩儿了？！”

哥哥顿时很委屈，说：“我今天的作业已经做完了！不信你自己去看！”

爸爸刚跑完十二公里多，心情很好，就立马换了副嬉皮笑脸的样子说：“好啦好啦，我是在培养你宽阔的胸怀！你不知道吗？人的胸怀都是靠委屈撑大的！你看我这宽广的胸怀，多亏了你老妈！”

哥哥撇了一下嘴，扑哧笑了。他可以专心打游戏了，因为矛盾已经被转移了。

幸福不是什么都拥有，而是想要的恰好在身边

昨天爸爸说，有人推荐《思考快与慢》这本书，他想买来看看，就是不知道京东现在是否还以正常的时效送货。

“那本书啊，我有，中英文的都有。”我边冲我的速溶咖啡边说。

“哇——”爸爸这么一开口，我就知道吹捧要上线了。

“果然，幸福不是什么都拥有，而是想要的恰好在身边！”爸爸边说还边向我靠拢。

尽管这是一句煽情的吹捧，但仔细品品，还挺有道理的！

让我们珍惜身边的幸福。

又长大一岁了！

真正的长大，是学会自我接纳，接纳自己的不完美，接纳生活带来的困惑和遗憾，然后将一往无前！

阅己、越己、悦己。

虎年好！

朋友圈其实就是我们的个人简报

昨天爸爸有一条微传动态因为包含了一张不够完整的中国地图，而没能应微信朋友圈发出去。那张图主要是回顾总结了他一年的工作成果。他说“算了，也没什么意思。”

忽然，他话锋一转，说：“你看，我很少发小朋友取得的成绩，因为很多人看了会不舒服。我看了有些人发的朋友圈就很不舒服。”

我知道他在针对我，但我不置可否，我说：“发什么内容，是每个人的自由，看或者不看，也是每个人的自由。”

朋友圈的作用就是储存和放大幸福，所以，不要对别人的生活指手画脚。他们展现出来的就是想让我们看到的，而不是让我们去较真的。

一位社交专家说，每个人就好比一个自媒体，朋友圈就是我们精准投放的个人简报，最好能够做到每日出版。

这份简报，就是每个人的社交形象说明书，所以，简报所包含的信息都会指向这个形象。要注意的是，发朋友圈的条数最好控制在一天四条左右，过多会造成对朋友圈好友的骚扰，过少不足以展示自己的个性。

社交专家建议可以这么安排这四条配：一条关于工作，展示自己的上进努力，让与自己合作的人产生信任感；一条关于孩子，展示生活中的私人身份，赢得亲近感；一条段子，展示幽默的性格，给人带来快乐；一条转发热点，展示眼界，表达对时事及行业前沿的关心。（仅供参考）

也许有人会觉得这种社交形象有点像一种刻意为之的“人设”。这就又涉及“有人设”和“立人设”的区别了。

“立人设”，是创造出一种自己本来没有的人格特征，这是无法持久的。

而“有人设”是我们去发现自己真正的特质，然后有意识地去维护、经营这种特质，是在日复一日年复一年中积累起来的，慢慢形成的人格特征，而且，往往在这个过程中也能积累起自己独特的影响力。

所以，朋友圈是我们发布自己每日简报的地方，只要不在朋友圈散布谣言、传递负能量、挑战主流价值观，其余的完全可以按照自己的真实意愿来。

让我们轻松做真实的自己！

承诺与责任

哥哥上学期就想养一只小狗，爸爸说可以，而且说土狗好养活。于是我就在朋友圈开启“寻狗”模式，想找一只小狗领养。

爸爸见我真的行动了，他又说，不行，要养就要养一只血统纯正高贵的狗，得好好找找。我意识到了，他其实就是尽可能地拖延时间。

猫和狗，我更喜欢狗。我想养狗，只是为了克服原生家庭带给我的对猫狗的恐惧和排斥。我从小被灌输，猫狗太脏了，还会咬人，因此，见到猫狗都会惊恐地跑开。

哥哥也受了我的影响。我很讨厌我的这种心态和反应，一直想克服，而且更不想让孩子们延续我的这种状态。

哥哥五岁的时候（那时候还没有弟弟），在他的要求下，我们养过一只英国蓝短。但那次我和哥哥表现得很不好，照顾猫咪的活儿都落在了爸爸头上，哥哥偶尔撸猫，也是戴着手套的。

我们对蓝云（蓝猫的名字）处于放养状态，它偶尔会跑出去玩儿，在附近转转就回来，但有一次就再没回来了，所以也没养很久。

这次期末考试前，哥哥给自己的成绩定了个很高的目标，跟爸爸说，如果他达标了，就给他买一只小狗！爸爸又是很爽快地答应了，还说一只太孤单，买两只都行！

结果，哥哥真的做到了！

我开始找饲养狗狗的相关信息，咨询家里有小动物的朋友，哥哥的好朋友还专门送给他怎么养狗狗的书。

我在哥哥寒假集训开始前，带着哥俩去极宠家感受了一下猫猫狗狗，确定一下内心和喜好。哥哥喜欢约克夏。

其间，我在大众点评上找了几家口碑还可以的宠物店，家附近的店都早就放假了，市里面有两家，我是想着过年前把狗狗带回家，趁着过年这几天大家都在家，可以磨合一下。

昨天哥哥集训结束了，我们盼着傍晚爸爸回来，一起去市里一家有约克夏的宠物店，可爸爸不太愿意去，我说："哪怕去看看也好啊。"这才出发的。弟弟在半路上睡着了，是抱着他进店的，哥哥相中了一只约克夏。可是，爸爸还是没有同意，哥哥既委屈又难过，眼泪在眼里直打转。爸爸说："狗肯定会买的，等以后再说！"

车上，爸爸说："你平时要上学、打球，你有时间照顾狗吗？你给我写一张你的时间计划表出来！谁要买狗的，就由谁来负责！这就是责任！你想想你以前养的那只猫！"

哥哥说："当年我才五岁，现在我长大了！"

我当时心里也说："我那时候整个人处于极度焦虑的状态，但我现在的状态已经截然不同了，再给我们一次机会吧！"

晚上，哥哥和他一个家里有小狗的好朋友打了通长长的电话，咨询她与小狗相处的日常。他说，好朋友上来第一句话就是"养狗需要有个负责任的爸爸"。爸爸"哼"了一声，瞥了我们一眼。

我不是那么自信地说了句："那就我来做负责任的妈妈吧！"

爸爸比较理性，强调责任，无可厚非。

但是，哥哥也看中父母对他一而再再而三的许诺。

我感觉要解决这个问题，需要我带头承担起好好照顾狗狗的责任。

竞技体育之美

每次网球比赛结束，主办方都会发布一些抓拍的小选手们比赛瞬间的照片，每一个人都很美！这种美与身材和五官无关，而与他们展现出来的专注、拼搏与力量有关，是一种能打动人的美！

竞技体育之美，在于运动之中，在于技巧之内，在于悬念迭出，在于坚持和努力，在于所有比赛背后掩藏着的汗水、泪水和斗志。

竞技体育之道也是拒绝投机取巧的。即使是再有天赋的选手，他们的成功也是来自勤学苦练，他们在赛场上的霸气也是出自无数次失败后的积累。

小朋友们参与到其中，慢慢地去体会竞技体育之美，会让他们受益终身！

我觉得，所谓的成绩与奖牌只是这个过程中的副产品，是对他们付出的阶段性检验和肯定，不能本末倒置。

人不能总做正确的决定，偶尔也要做让自己快乐的选择

哥哥的网球启蒙教练跟他说过，打好球需要有强健的身体，所以建议他尽量不要喝含糖饮料，多吃牛肉。哥哥执行得还是不错的。那时候，爸爸还是含糖饮料的重度爱好者，家里各种饮料不断，哥哥也会偶尔破防一次，但总体控制得很好。

近一年来，爸爸也在戒含糖饮料，家里饮料基本不出现了，哥哥也就基本不喝了。

这几天天天下雨，特别阴冷，但哥哥每天能以积极的状态训练三个小时，我是挺佩服他的，也带有一丝丝心疼，所以，他打完球，不管有什么要求我都会答应他。

他的要求一般也就是去马路对面的便利店看看有没有他喜欢的培根鸡蛋饼（晚上六点多打完球过去，经常会卖完了）。昨天也不例外，去的时候正好还剩下一个！他开心得不得了！

他又看到货架上有新出的柠檬汁，他拿起来，又放了回去，我看得出他的纠结。

“想喝就拿一瓶呗！”我在“怂恿”他。

“但是有糖唉……”他说着凑过去看看配料表。

“没事儿，偶尔喝喝没关系的！”我说。

“那我拿一瓶咯！”哥哥开心地递给我。

回去的路上，他吃着鸡蛋饼，美滋滋地喝着柠檬汁，听着故事，我能感觉到他那股子开心。

生活中，我们不能总是要求自己理性地去做所谓“正确”的决定，偶尔也需要一个让自己快乐的选择，这样，弦才不会因为长时间过度紧绷而绷断。这就是所谓的调节！

偶尔给自己来一份“午餐加鸡腿，奶茶最大杯”的快乐吧！这样继续奔跑的时候会更加劲头十足！

己所甚欲，亦勿施于人

兄弟俩陪我这个文具控妈妈逛商店，作为感谢，我让他俩可以挑一个自己喜欢的东西。

弟弟挑了一个嘴巴上有个小气泡的小女孩儿盲盒（弟弟打游戏也喜欢选桃花公主作为自己的角色，诡异的偏好）。他拿了一个，还非得再拿一个给哥哥，哥哥连连拒绝。我劝说了老半天，弟弟才作罢。

弟弟在买自己喜欢的东西时，总会要给哥哥也买一份，吃的东西还勉强可以接受，但用的和玩的，就有点让人挠头了。

弟弟一定要别人也接受自己喜欢的东西，看似很幼稚，但想想，我们成人的世界里，其实也在上演着一幕幕类似的场景。

情侣之间送礼物，不是考虑对方喜欢什么，而是送“我觉得好”的东西；父母觉得学琴、学画、学打球好，就提溜着孩子去学，而无视孩子真正的兴趣；高考选专业，甚至日后的择业，父母也是把自己觉得好的专业硬“塞”给孩子……

孔子说：“己所不欲，勿施于人。”而庄子则站在更高的角度，对这句话进行了延伸，“己所甚欲，亦勿施于人”。

孔子的那句话比较容易做到，但庄子的那句话很容易被人忽略，因为人们在将自己的意愿强加给别人的时候，常常包裹着“我为你好”或“我对你好”的外衣，进而大行其道。其实，它造成的伤害不容小觑，它会让“被害（爱）人”有种“有苦说不出”的感觉。

己所甚欲，亦勿施于人。

共勉！

一个励志的故事

昨天晚饭后，一位朋友来家里坐了会儿，他走的时候，都快九点了。

送走朋友，爸爸说，他感觉晚饭吃多了，再去小区简单跑两圈（他中午已经跑过8公里了）。

四五十分钟以后，他回来了。

他一进门就说："这么晚了，小区里居然还有那么多外卖小哥。太励志了！说明很多人大晚上还在吃东西，而我却在寒冷中跑步，真是佩服我自己！"

焦虑是什么？

昨天晚上哥哥打完球，我在滚滚车流中开了近一个小时的车到家，我是又饿又冷，哥哥倒是在车上吃了两个热乎乎的培根鸡蛋饼，已经舒坦了。

到了家，弟弟要打马里奥派对的游戏，我说：“可以啊，哥哥反正也吃饱了，放松一下。”

我正打算给自己整一些热乎的吃的，就听见弟弟在客厅哭闹大喊（最近频率极其高，而且很多时候让我根本无法理解他闹的点），我过去看个究竟，弟弟就指着沙发上躺着的哥哥说：“哥哥不能躺！打马里奥派对！”

我说：“哥哥累了，躺一会儿就陪你玩儿。”此时，哥哥也坐起来了，但是弟弟好像刹不住车了，在那里不依不饶地哭！

瞬间，我烦躁无比，情绪上来了，开始大声斥责弟弟：“怎么整天这么哭闹？！想干什么，想要什么，怎么就不能好好说呢？！好好说话，我们一般都答应你的！打游戏，哥哥也准备好要陪你打了，你还在那边哭哭哭！”

我让弟弟就站在那里继续哭，让哥哥也别搭理他！

过了会儿，只听哥哥跟他说了些悄悄话，哭声停止了，弟弟挂着泪珠走到餐厅跟我说，他要打马里奥派对游戏。我说：“可以，你这样好好说话不是很好吗？”耳边总算是清静了。

后来，我问哥哥：“你跟他说了什么让他不哭了？”哥哥说，他就说他俩比赛，这一个月内谁先哭了，谁就是小狗。

这……我也不太能理解为什么会有效。

哥哥突然也问我：“妈妈，你刚才是不是焦虑了？”

我愣了愣，说：“好像也谈不上焦虑，就瞬间感觉特别烦躁。”

“那到底什么是焦虑呢？这个词经常会听大人们说起。”哥哥继续问。

很好的问题！我想了想，感觉焦虑是如下的一种状态：没有气力或者勇气往前走，也没有余地往后退，原地踏步又心有不甘。

我将这些告诉了哥哥。

“哦——大概知道了！”哥哥说着蹦跶地跑开了。

我再次内观了一下自己，觉得我现在应该不处在焦虑的状态，因为我有后退的余地，同时也有前进的气力。

戒骄戒躁戒焦虑！

修剪，是为了让它们更好地成长

昨天哥哥看到邻居在修剪他家门口的一棵桂花树。他有点困惑，问：“枝繁叶茂多好啊，为什么要剪掉它们？”

邻居叔叔跟他说，他剪掉的是一些枯枝和杂叶，这样能避免营养的过度消耗，集中营养，树干才能长得更快更好。

我跟哥哥说：“其实就跟我们平时做事一样，集中时间和注意力放在重要的事情上，一般都能把事情做好。”

“哼——你又在说我不专心！”哥哥有点小敏感。

“你想多啦！我也在自我反省！”我跟他絮絮叨叨说了些我的想法。

树需要修枝剪繁，人的修行也一样，需要删繁就简，删除不切实际的幻想和无谓的内耗，腾出时间、精力，做自己喜欢做的事，爱自己应该爱的人。卸掉多余的包袱，轻装简行，才能活出洒脱真实的自我。

打游戏能让你变年轻

弟弟最近沉迷于马里奥派对的游戏，让哥哥叫苦不迭，因为他总被弟弟强行要求陪玩，其次就是爸爸了。我能够“幸免于难”是因为，一开始，我就跟弟弟说，女生是不打游戏的。

昨天爸爸把我拖下水了，他跟弟弟说：“喊妈妈一起，我们四个人打，妈妈如果不加入，那我也不打。”这……我再拒绝的话，岂不是陷入“不仁不义”了？

“好吧好吧，我加入。”我依依不舍地离开了我的葵花子，移步到客厅。两个小家伙兴奋地手舞足蹈，尤其是弟弟，着急得不得了，哥哥想去上个厕所，都被他极力拦住了。

爸爸冲我眨了眨眼睛说：“这游戏真的非常好玩！”

我好像天生对游戏不怎么感兴趣，窝在沙发里，打得直犯困，我跟弟弟交替着做第三第四名。

哥哥是游戏界的大拿，不管什么游戏，他都是遥遥领先，他笑着说：“妈妈，你打游戏，就跟幼儿园小朋友一样！”

爸爸用他的肩膀碰了碰我的肩膀，坏笑着说：“怎么样，打游戏不错吧，还能一下子把你变年轻了，变成幼儿园小朋友！”

改变说话方式，会有意想不到的效果！

爸爸总是自认为他对所有的运动都有极高的悟性，哪怕是之前从未接触过的网球，因此，当哥哥之前动作不合理，找不到正确发力点的时候，他很热衷于给他做“家教”。但几乎每次都是以鸡飞狗跳、大呼小叫收场，然后再附带一句“我再也不会跟你说动作了”。

爸爸嘴上说他现在没兴趣看哥哥训练了，但总是悄悄让我拍些视频给他，看看他的动作。可能是随着心智慢慢地成熟，哥哥最近进步是很大。

爸爸昨天看了哥哥的训练视频后，总算给了个正面评价——“动作自如多了。”

昨天晚上，爸爸又就动作和哥哥进行了交流，这次气氛相当和谐！我听了一会儿，发现爸爸以前扯着嗓子说的那句“你明白了吗？”好像不见了，倒是出现了几句“我说清楚了吗？”

这次聊完，哥哥一反以前的眼泪汪汪，他觉得爸爸变得平易近人了。

爸爸后来悄悄跟我说，他早就发现哥哥是吃软不吃硬的，他说：“现在他的理解能力上来了，我需要跟他表现得谦虚一点，才能有交流互动。尽管他的悟性跟我比还差远了……”

从“你明白了吗？”到“我说清楚了吗？”尽管都是想确认交流的效果，但听话者的感受是从“压迫感”变成了“受尊重感”，交流的效果会大大改善。

赋予自己一些钝感力

我是一个比较敏感的人，尤其对我在意的人，哥哥似乎“强化遗传”了我这一点，我们俩经常会把爸爸的一些表情和语气理解成，他生气了！

昨天训练快结束时，爸爸出现在了球场上。那时候哥哥在打最后一场比赛，之前一分没丢，爸爸一进来，他就发球双误，丢了一分，是那场比赛丢的唯一的一分，不知道是否是看到爸爸又紧张了。

结束拉伸的时候，爸爸皱着眉头，清了清嗓子，哥哥立马看了爸爸一眼，问：“怎么了？我打得不好？”

“啊？挺好的啊，我在想别的事情！”爸爸回答道。

哥哥昨天感冒，鼻子都堵了，训练完，依旧是穿着七分裤就下楼了，爸爸着急地催促着：“快！快上车！”

“怎么啦？你又生气啦？！”哥哥不高兴地问道。

“你怎么这样？！我就是怕你着凉了，你已经感冒了……”爸爸无奈地回答道。

坐到车上，爸爸说：“我如果任何时候都保持微笑的话，这会让我看起来像个不好惹的神经病的！”

我和哥哥都笑了。

就像这种敏感的场景，时常会在我和爸爸、哥哥和爸爸之间发生，我和哥哥经常说，我们需要去无视爸爸的表情和情绪，赋予自己一些钝感力。

引用渡边淳一在《钝感力》中的两句话：

只有对各种令人不快的毛病忽略不计、泰然处之，才能开朗、大度地活下去。

具备不为小事动摇的钝感力，灵活和敏锐才会成为真正的才能，也才能让人大展拳脚，变成真正的赢家。

表达愤怒的情绪并不等于用愤怒的方式去说

弟弟最近迷上了超级马里奥系列游戏，尤其是最新的马里奥派对游戏。

他每次总是要喊上哥哥，如果爸爸在家，爸爸也必须参加，而且每次都是“超长待机”。幸亏机智的我一开始就跟他说，女生是不打游戏的。

哥哥最可怜，一到家就“被迫营业”，有时候打完球回家，饥肠辘辘，弟弟还不允许他吃饭。

昨天放学回家哥哥陪他打了会儿，大约半个小时以后，哥哥“幽怨”地说：“我实在不想打了……”弟弟可不干，他又开始愤怒了，边哭边“呐喊”，要哥哥和他一起打，一会儿跺脚，一会儿来拽哥哥，撒泼本能尽现。

我给他两个选择：一个是继续哭，一个是看会儿动画片。

他没刹住车，继续在哭，五分多钟后，哥哥喊他一起用积木给神奇宝贝搭建基地，哭声居然戛然而止，他屁颠屁颠跑去玩了，用袖子抹抹眼泪，一会儿就发出魔性的笑声了。

弟弟因为还小，他的表面需求一旦没有被满足，他就把情绪很直白地释放出来，其实效果是很差的。他还不会去觉察他真正的未被满足的需求，然后正确地把它表达出来。在我看来，他真正的需求就是有人和他一起玩儿。

反观我们成年人的世界，也会有情绪失控的瞬间，发完脾气后又常常会懊悔。我们比小孩子强的是，能有觉察力了，我们可以去觉察一下愤怒背后被触动的点是什么，是什么需求没有被满足，然后再温和且坚定地表达出来。

有情绪、有愤怒，要合理地表达出来。憋在心里，不仅会憋出内伤，还会影响和对方的关系，因为你会对他或她产生莫名的不耐烦。

所以，我们要说出情绪，而不是带着情绪去说。

吃零食的童心成了奢侈品

昨天晚上，弟弟忽然说饿了，想吃巧克力曲奇（每次馋了，他都会说自己饿了），爸爸给他又拆了一盒。

他双手扒在桌边，踮着脚，一脸开心的期待，看着爸爸拆曲奇盒子，嘴里还喊着“Yeah——”

打开了盒子，他的小手在饼干盒上空“盘旋”了一会儿，最终挑了一块白巧克力涂层、勾了些黑巧克力线条的饼干。弟弟站在桌边，认认真真地品味着，“咔嚓、咔嚓”的声音让人感觉他吃得格外香，他还时不时来一句“好ci！”。

爸爸瞥了他一眼说：“真受不了他了！”说着，手也伸向了饼干盒，在途中停留了0.5秒，然后非常迅速地抓起一块饼干往嘴里一扔，很草率地就把它吞下去了，觉得味道也就那样，反而是吃了一肚子懊悔。

爸爸很感慨地说：“小时候，零食是奢侈品，现在，吃零食的童心才是我们的奢侈品。”

看来，保持一颗童心，在某种程度上也能让我们更富足。

理解一个人并不非要同意这个人的观点。——巴克曼《焦虑的人》

我和爸爸在很多问题上的观点都不太一致，然后又彼此无法被说服。

就像昨天一个很小的例子，我最近很喜欢金融学领域的一位学者，经常会听听她讲的东西，然而，爸爸昨天说，他觉得那位学者“就那样儿”，讲不出什么高深的东西，她讲的那些在他目前的金融知识体系里，简直太小儿科了！

我就很不同意：“首先，她就是要讲给像我这种金融小白听的，太高深了，我们根本听不懂；其次，她能够深入浅出地讲，这才更体现了她的深厚功力。你又没看过她的学术研究，怎么就能这样评判她呢？”

“我看她也做不出什么高深的研究，也就那样

儿……”爸爸还是这个观点。我又给他举两个其他领域（他不怎么熟悉的领域）深入浅出的大牛的例子，他有点不耐烦了，说：“好了好了，我们说的根本不是同一个点。”

以前我们类似的讨论会不欢而散，然后各自消化个十几分钟。但这次，爸爸说的“我们说的根本不是同一个点”让我当下就消化了，我没有去追问他的点是什么，但我想到了巴克曼的一句话：

理解一个人并不非要同意这个人的观点。

每个人在其独一无二的成长过程中形成了自己的价值观、人生观和世界观，由此，每个人看到的这个世界是不同的。“理解”就是要接纳这一层的差异，这主要存在于相互在意的人之间，是一种深层次的情感需求。

而表达观点，其实是一种浅层的相互沟通交流，无论你们是否同意彼此的观点，这些交流都有助于你更好地了解对方。但如果带入情绪，容易演变为“你不理解我”的争吵，就会触及深层次的情感，会让彼此大伤元气，很不值当。

这是我对“理解一个人并非要同意那个人的观点”的体会。

通识教育对文理科都很重要

昨晚吃饭的时候，哥哥忽然说："妈妈，我怎么一直觉得你是个文科生呢？"

"啊？为什么呀？我可是根正苗红理工科出身啊！"我有点小诧异，"你为什么这么觉得呢？"我非常好奇。

"嗯……我就是觉得呗！"哥哥吞吞吐吐地说。

"你大胆说，你老妈很大度，不会生气的，说吧，说实话！"爸爸立马在旁边来劲了，不停"煽风点火"。

"嗯……因为你不做实验！"哥哥找了个理由。

"不是所有理工学科都需要做实验的，主要涉及生物、化学的内容需要在实验室做实验，而且实验的范围也很广。"我跟哥哥解释着。

"哎，还是我来说吧，你解决理科的问题能力，有点差。"爸爸在旁边边说边露出不怀好意的笑。

他肯定是在“打击报复”我不认真听他扯量子力学、相对论之类的高深理论。我是觉得他总是道听途说了一些皮毛，就在我面前大吹特吹，我不喜欢，所以经常从他的“课堂上”逃走。

爸爸的冷嘲热讽让我很不服气，我就提了个方案，让哥哥以后定期出卷考核我和爸爸，内容范围不限，看我们俩谁答得又快又准确！随着哥哥知识面的拓宽和深入，这比赛估计会越来越刺激！

说回文理分科，我其实觉得我真正欠缺的是所谓的文科那部分内容。我们那时候文理分科有点泾渭分明。我自觉我的社会人文历史那部分素养很不够，尤其在进入大学以后，感觉更明显。

多亏我的大学崇尚“思想自由、兼容并包”，有鼓励通识教育的传统，让我有机会去弥补知识结构的缺失，尽管非常非常有限，但让我更清楚地看到了自己巨大的缺口。

我越来越发现，通识教育的缺乏会成为很多人在自己专业领域更上一层楼的障碍。比如，在自然科学研究领域，如果缺乏社会人文修养，就很难提出有高度的科学问题，也很难讲出一个引人入胜的科学故事，格局也比较小。同样，像在法律等领域，也需要一些自然科学的知识和逻辑思维的方式进行支撑。

通识教育能够融合自然科学与人文学科，把人变得更立体。

笑场能够缓解情绪

前几天每天下午，英语老师都会把英语默写的错误私信给我，让我给哥哥说一下，巩固加强一下。昨天下午我居然没收到私信，暗自窃喜了一下，看来进步了！晚上哥哥告诉我，事实是昨天英语默写错了七处，比前天还多了两处！

“没事儿，我来看看错哪里了，发现漏洞是好处！”彼时的我还是和颜悦色的，但看到他的默写卷子的刹那，我整个人就开始不好了，基本都是一而再再而三出现的错误，有三处还是前天下午去打球的路上，我刚给他讲解过的，那股热乎劲儿还没有过呢！

瞬间，我再也无法做到温柔以对！声音提高了两倍：“犯错不可怕，怕的是重复犯同样的错误！而且，你把我也给坑了，老师会以为你妈妈很不负责任，根本不会把你的错误传达给你，导致你第二天犯同样的错误！”

我自己越说越来气，反复地

对着哥哥说：“你真是太过分了！”哥哥眼泪在眼眶里打转，无所适从。

我当时其实已经意识到了我的情绪要收回来了，但不知道如何打破这个“僵局”。

这时候，客厅里飘来弟弟的声音：“妈妈，我拉便便了！”什么？！又拉裤子了？！这是今天第三次了！！

“你们兄弟俩怎么都这样屡教不改的？！弟弟更过分！”说到这里，我忍不住笑场了，哥哥也扑哧笑出声了，刚才尴尬的氛围一下子被打破了。哥哥放下情绪去写作业了，我也能恢复到平时正常状态了。

我平时很少吼哥哥，所以，偶尔一两次吼吼，感觉效果还行，他昨晚首次认认真真把英语词汇整理了一页笔记。希望长记性吧！

情绪失控容易导致尴尬的氛围，陷在那个氛围里会很影响接下来的做事效率，需要及时打破僵局。忽然发现，自己主动“笑场”是个不错的方法。

不完美也是一种美

哥哥跟我说，昨天在学校，F同学不小心被绊倒了，眼泪汪汪，他边去扶他便想鼓励他，却把“男子汉大丈夫”，说成了，“男子汉大豆腐”，结果旁边笑点一向比较低的G同学哈哈大笑，然后他们几个人都笑作一团，F同学也忘了摔疼这件事了。

他忽然接着说，像机器人一样就不会说错话，太没意思了！（最近他很着迷《机器觉醒》这个故事系列，每天晚上打球回来的路上追一集听。）

他这个联想和结论，我暗暗小惊喜了一下，于是冒出来一句：“你看，其实不完美也是一种美！”

说完，我就意识到这句话对于小朋友来说，有点不接地气，但哥哥也很配合地点点头，然后立马转身对弟弟喊：“小弟，我写完作业了，我们赶紧上楼洗澡，抓紧时间玩一会儿！”俩人洒了一路笑声跑上楼去了。

至于“美”到底是什么，我一直很模糊，大一的时候选过一门关于美学的通选课，只知道了它属于哲学的范畴，其余的一直处于懵懂的状态。但我大约能体会到一种不完美状态带来的美感。

人生没有真正的完美，只有不完美才是最真实的美。唯有不完美才会让我们更加坚定地努力，才会遇见更好的自己，不完美才是我们生活的常态，这种看起来不完美的存在就是为了造就越来越完美的自己所做的铺垫，唯有不完美才会让我们正视自己，接受自己，挑战自己。

很喜欢灵隐寺里的一副对联：人生哪能多如意，万事只求半称心。

“半称心”或许就是人生最完美的结局。如果都称心如意了，反而就会觉得太满了，到了没有什么好追求的状态，生活就会黯然失色，没有美感了。

拥抱不完美，才能看到美。

时间和金钱的区别是什么？

昨天早晨起床后，哥哥就一直在跟弟弟玩各种幼稚的游戏。吃完早饭，他俩继续往客厅的玩具堆里一坐，此时，爸爸眉宇间已经闪耀着“生气”两个字了！

“你下周就期末考试了，你知道吗？”爸爸向哥哥严肃地扔了一句话过去。

“哦……知道知道，我一会儿就来复习！”哥哥正沉浸在他的游戏小宇宙里，突然被打断，有些小情绪。

“你起床到现在两个多小时了，一直在玩儿，太浪费时间了！你现在正处于学习的黄金阶段！一寸光阴一寸金啊！”爸爸掷地有声，就差捶胸顿足了。

哥哥扔下玩具，准备去找他的书包去了。

忽然，他停下来，问爸爸：“时间和金钱都那么重要，那它们的区别是什么呢？”

“这个问题好！”我忍不住“友情赞助”了一句话。

大约思考了十秒，爸爸用比之前稍微柔和一点的语调说：“你总是能知道你大概有多少钱，但你永远不知道你有多少时间。”

“妙！太妙了！”这是我发自内心的认同。哥哥也只是若有所思地“哦”了一声，我觉得他们应该还无法理解这种不确定性。

爸爸立马有些小得意，心情大反转，跟哥哥说：“你再玩一会儿吧，玩到十点，然后把数学错题看看。”

“好！”哥哥飞奔向客厅。

的确，我们永远也无法知道我们有多少时间。

这种不确定性总会提醒我，珍惜当下，尽量去做自己想做的事情，跟失败比，遗憾更可怕。

你的温柔中需要带些锋芒

哥哥昨天问我：“别人都说他内向，内向是不是不好？”

我说：“内向没有好坏，它只是一种性格的表现，爱因斯坦、贝多芬、牛顿、比尔盖茨他们都是内向的人，你不用刻意让自己变得很外向；但是，要你发言、发声的时候，你一定要勇敢。”

其实，我更想要说的是，不要一味地去做“好好先生”。

借用杨绛先生的一段话吧：

你有不伤别人的教养，却缺少一种不被别人伤害的气场；若没有人护你周全，就请以后善良中带点锋芒，为自己保驾护航；你要知道，在这个世界，你若好到毫无保留，对方就坏到肆无忌惮。

哥哥这个年纪估计只能理解个一两成；我自己在这么多年的实践体会中才慢慢感悟到七八成。

做一个带点锋芒的善良的人！

没人对你说“不”的时候，你是长不大的。——托尔斯泰

昨天晚上弟弟要打超级马里奥的游戏，我说不行，游戏只有周末才能玩；弟弟吃了四五块巧克力曲奇了，还想吃，爸爸说不行，晚上不能再吃了，太多了；弟弟看哥哥在写作业，说他也要写作业，拿起哥哥的试卷就要画，被哥哥大声“呵斥”住了：“那是我的卷子！你不能在上面乱画，你自己另外找纸去！”

这么一个“轮番轰炸”下来，弟弟眼泪叠了一层又一层。

哥哥忽然从作业里探出脑袋，说：“小弟今天好可怜，想做的事情都被我们拒绝了。”

爸爸表示，这样才能给他立规矩，让他有边界意识。我则觉得，人要学着去接受“被拒绝”和“被否定”。

我查了一下，我印象中的那句话是托尔斯泰的“没人对你说‘不’的时候，你是长不大的”。

一句简单的话，蕴含着很多深意，我从我的角度，主要解读出了以下三点：

（1）成长中的自由，是在一定限制下的相对自由，要正确面对家

庭、学校、社会设立的合理的规则约束；

（2）长大需要接受现实带给我们身心的磨炼，要具备受挫能力；

（3）勇于去认识自我，提升自我。

成年不代表长大，长大不存在上限。

一道菜就是一个小项目

元旦假期的第二天中午，哥哥突发奇想又想自己做道菜，刚做完简易版厚蛋烧，要开始清洗西兰花的时候，被爸爸强行赶回到书桌前写作业去了。

“马上期末考试了，作业那么多，做什么菜啊？！”爸爸着急且不满的声音回荡在餐厅里。他同时不忘皱着眉头瞪我一眼，我故作镇静地捋了捋头发。

哥哥有点不服气，又跑过来说，如果明天中午前他能把作业做完，就让他明天中午做道菜！我冲他眨了下眼睛，不等爸爸开口，就爽快地“签署”了这个口头协议。

接下来，哪怕弟弟拽着哥哥的衣服喊他打马里奥游戏，哥哥也不为所动，奋笔疾书，最终成功在第二天中午进入了厨房。

他最享受的应该是把菜端上桌的刹那，超级有成就感。

在我看来，小朋友学做菜，不仅能锻炼他们的动手能力，还能培养他们的项目思维：首先，确定主题——做什么菜；其次，根据要做的菜，有针对性地去选择、准备素材；再次，确定实施的步骤，如何统筹安排择菜、洗菜以及各种食材下锅的时间；最后，装盘，把作品尽量赏心悦目地呈现出来。

所以，我觉得，小朋友学做菜不是不务正业，而是在干中学。

包袱越少，表现得越好

小朋友打网球比赛有个较为普遍的现象：如果对面是个大孩子，他们就很敢打，失误较少，而且还能打出几个精彩的球出来；

如果对面是同龄人，或是比自己弱一点的，反而会有些放不开，畏手畏脚，失误也会多一些。

我认为在这里起作用的是“思想包袱”。

面对大孩子，他们是抱着无所谓的态度的，即使打输了，也不丢人，因为对手在身体力量等客观条件上就比自己强。

但面对同龄人或者客观条件比自己弱一点的对手，他们自己的内心戏就会丰富一些，例如：输了会没面子，输了教练会怎么看，输了爸爸妈妈会怎么说，这样一来，专注力就下降了，会影响判断，失误也会变多。

这种思想包袱其实在很多地方都存在，例如，我们小时候常说的“考运”，有些孩子平时成绩一直很好，但一到一些重要的考试，就会发挥失常，一个重要的原因就是他们想得太多了，给自己假想了很多种“万一考不好”会出现的后果。

这样不仅会影响应试时的判断，严重一些的身体也会出现一些不良反应，就进一步影响发挥了。

思想包袱也不是一无是处的，担心、痛苦、孤独、寂寞，这些都是对人生有用的，它们能使生命得到升华，但须臾不忘，就成了人生的包袱。

就好比，过河时，船是有用的，但过了河，我们就需要放下船赶路，否则沉重的船就成了我们肩头的包袱。

我们要适时地卸下一些无谓的包袱，才能走得更快更远。恢复一颗轻松的心，让我们去感受人生的幸福与快乐。

蚊子也可以成为可爱的小生物

昨天晚饭的时候，爸爸有点忧郁，筷子拿起了又放下，最后，深深叹了口气，说："假期吃多了……"转身去厨房给自己炒了盘青菜。

吃完饭，他又习惯性地捏一捏腰间的肉肉，沉思了一会儿，说："如果蚊子不吸血，改行吸脂，那它会是多么可爱的小生物啊！"

阳光下做个小孩儿，风雨中做个大人

有时候我们一家四口会玩得比较疯，尤其是爸爸，可以跟着哥哥、弟弟上蹿下跳。但严肃的时候他就很严肃了，比如处理工作的时候。

昨天哥哥就对爸爸提出了质疑，觉得他就像个“两面派”。

这下，又被爸爸逮着一个长篇大论的机会！总体意思归纳如下：

（1）我们每个人心里其实都住着一个小孩儿，在轻松惬意、无拘无束的时候，这个小孩儿就会跑出来玩儿，很开心；

（2）随着年龄的增长，我们需要肩负的责任和义务会变多，会面临各种困难和挑战，这时候，就需要拿出大人的样子去对付解决它们；

（3）人一旦要开始承担责任和义务，身体里大人的部分就出现了，只是小孩子身体里的大人现在还小，是小大人，他们现阶段最大的责任和义务就是习得各种能力；

（4）大人的那部分会不断变大变强，但小孩子那部分也要给他留好空间，因为这一部分会带来无忧无虑的快乐。

哥哥听了，沉默了一分钟，说：“我身体里的大人和小孩儿刚商量了一下，小孩儿再继续玩一会儿，太阳落山以后，大人再来做作业。”

我还是认可爸爸的这个理论的，套用一句熟悉的话就是“阳光下做个小孩儿，风雨中做个大人”。也许在成人的世界里，做个小孩儿反而更难，不管大小，还是需要给他留个空间的，这样生活才不至于太沉重。

在新的一年里更勇敢地做自己！

昨天下午接完老大，接老二，本想给俩娃好好安排一下晚饭和活动的，后来实在没有时间和精力了。因此，2021年最后一顿晚饭，我带着俩娃要了份鳗鱼饭外卖，草草了事；爸爸则奔赴了一场日常联络感情的应酬。

2021年，爸爸几乎每周出差，2021年最后一天也没能在家吃饭，有点小遗憾。

他跟我说他有应酬的时候，我努力装作很识大局的样子，违心地说：“去吧！”

我其实很不理解那个组局的人，都是有家室的人，一年365天，偏偏挑了一个需要全家围坐在一起的晚上在外面跟朋友联络感情。

爸爸昨晚喝高了以后回来，就反问我：“你不希望我去，为什么不早说？！那我就不去了，也不是非去不可的。”

看来我没必要装得那么懂事。

尽管从2021年下半年开始，我开启了“勇敢做自己”之旅，但从这件事上看，我做得还远远不够。

真正能激励你、温暖你、感动你的不是励志语录、心灵鸡汤，而是充满正能量的你自己。努力让自己成为一个真正的自己！

既然喜欢小众风格，就不必在意大众眼光！

2023年，让我们更勇敢地做自己！

用小笔记本可以增加你的成就感

昨天晚上，爸爸终于发号施令了，跟我说：“2021年要结束了，你也该把你的书桌和书架稍微收拾一下了。还有啊，你干吗不买大一点的笔记本呢？搞一摞小笔记本，一本一本经常换，多麻烦！”

我说：“这个秘密既然被你发现了，我就告诉你吧！用小笔记本还是从一个大牛那里学来的成功秘诀！因为小笔记本很快就能写完，这样一年下来，你一看，那么多本儿，是不是很有成就感？”

爸爸“嘁”了一下，似乎很不屑。

我进一步跟他理论：“其实，这就是自己制造的正反馈和成就感，它们能支撑和激励自己继续努力，形成内驱力。游戏为什么那么吸引人？因为游戏设计的核心就是能带给人们正反馈，创造幸福感。哥哥为什么能积极坚持打球？就是因为他从教练和比赛那里不断得到肯定和正反馈。我们可以做自己的游戏设计师，自己给自己制造正反馈啊。就像你改变了饮食习惯以后，一个多月少了十多斤，跑起步来，配速和耐力都大幅度提高，是不是很有成就感啊？”

爸爸觉得我最后一点说得最到位，下巴上仰了四十五度，说：“我真的挺佩服我自己的！”

新的一年，让我们一起增添更多的内驱力吧！

争辩的意愿是可以在鼓励中获得的

哥哥、弟弟都是“洗澡狂人”，天天要洗澡，而且几乎每次都是哥哥带着弟弟冲澡，昨天也不例外。

冲了没多久，就听哥哥在那边喊：“小弟，你冲得差不多了，快出去吧！”接着又听到了淋浴房的拉门声。我还没准备好浴巾跑过去呢！我提高了嗓门说：“干吗那么着急，弟弟会着凉的！”边说边快速过去用浴巾裹住了弟弟。

我意识到我说话有点着急了，就故意只跟弟弟打趣儿来缓和气氛，然后先带弟弟去他房间了。

不一会儿，哥哥也洗完澡跑下楼，他很认真地说：“妈妈，我想学着你平时的说话方式跟你说一说刚才洗澡的事儿！”

我心里有点小意外说，“好啊，你说。”

“首先，给弟弟洗澡不是我的责任，是你们的责任；其次，刚才我不停地给小弟冲澡，我冲不到热水，我也冷啊，我冲了自己不给小弟冲，他站在那边也冷，所以想让他赶紧出去。”哥哥认真说完了，尽管说第二点的时候，吐字不那么清楚，没说第一点时那么严肃，但我已经非常非常开心了！

我跟他承认了我刚才说话是着急了，感谢他这么久以来一直替我们给小弟洗澡，并表示我们以后尽可能多担起给小弟洗澡的责任。

哥哥以前是那种一受到批评或者委屈就会扑簌扑簌掉眼泪的孩子，不太愿意为自己去解释和争辩，我一度认为这种天生的性格很难改变。

但爸爸就是不信邪，用尽了各种办法鼓励哥哥为自己争辩，曾经一度不息扮演“暴君”的角色，想通过激怒哥哥来让他反抗。我一直觉得见效甚微，但昨天，我感觉到了他的进步，可能就是那么一点一滴的“甚微效果”汇聚起来的！

太阳一出来，星星就都看不见了

昨天有个朋友表示好羡慕我和我先生的关系，感觉一片岁月静好。我就直接跟她分享了一个之前很触动我的故事！

一对老头老太太在一起六七十年了，旁人都觉得他们好幸福，就问老太太：“你先生性格脾气啥的肯定都特别好吧？”

老太太就说：“他呀，好什么好，一身缺点，跟天上星星那么多！”

旁人就很惊讶，问：“那你们这一辈子是怎么过来的呀？”

老太太回答：“就这么过来的。不过我们家老头也有优点，但只有一个，这个优点像太阳那么大，太阳出来的时候，星星就没有了。"

所以，如果眼睛只盯着星星看，那是无穷无尽的，想要看不见星星，那就让太阳出来。

艺术中也蕴含着很强的逻辑

昨天，托小朋友的福，我和爸爸与一位画家、一位建筑设计师聊了一下午，收获了很多，心里直呼过瘾！其中，我印象最深的一点是，艺术其实也是扎根于逻辑的，而不是我们通常以为的灵光一现。

建筑师从务实的角度讲了建筑设计中逻辑的重要性，我觉得比较好理解也很认同。首先，你能够很好地说服对方，让对方了解这个设计作品为什么好，好在哪里。而如果是一句单薄的“我觉得它很美”，那就很容易被驳倒。其次，有了内在的逻辑，设计的作品质量就很稳定，不会飘忽不定。

还有一些更深层次涉及美学、哲学的东西，我需要日后慢慢去探索、感知和理解。

我们容易误以为艺术创作几乎全凭艺术家的一时兴起，究其原因，应该是在艺术创作的整个过程中，具体的实施过程以及最后的作品很容易展现在公众面前，但思考过程却往往不会。因此，大众对艺术创作的认知中便缺少了思考过程，而这个思考过程恰恰是艺术家创作的核心，它源于艺术家自己形成的逻辑体系。如果缺少逻辑，创意就没办法成为作品，再好的想法也只能是幻想。

逻辑真是无处不在，让我越发感觉到它的迷人了，想要带着小朋友一起好好跟它相处。

拥抱你内心的小孩儿

我的衣橱里几乎是没有黄色的衣服的，色系都偏暗沉。但这几年开始喜欢一些亮丽活泼的颜色，黄色也是其中之一，而且是那种嫩黄色！还没敢在衣服上做尝试，今年先从鞋子开始！

我这几天一直穿一双嫩黄色的小棉靴，穿着它走路感觉都是一蹦一跳的，内心是雀跃的，所以，不管它跟我衣服搭不搭，我就是喜欢穿着它！

昨天看到一篇关于色彩心理学的文章，似乎能很好地解释我对颜色喜好的改变。

人们在平时穿衣服时会有意无意去规避内心缺失的东西，而黄色是“稚子之色”，代表了孩童的天真、童真、愿意相信别人、愿意向外探索。我从小就是内向、封闭和隐忍的。但自从有了孩子以后，在陪伴他们成长的过程中，他们用他们身上的天真、善意和向外探索的勇气重新唤醒了我内心的小孩儿，我身上的那股孩子气又回归了！

所以，如果和我之前一样，衣橱里缺乏黄色单品，或者有意无意排斥穿黄色的话，那就需要好好抱抱自己，说明你内心的那个小孩儿没有被照顾得很好，是时候去照顾、抚慰他们了。多走近大自然，多接触一些美好的事物，多建立一些轻松的人际关系，这样我们的人格底色也就会慢慢亮起来。

这就是所谓的高冷

昨天晚上爸爸突然拖着个行李箱出现在球场，哥哥以为爸爸转天才能回来，惊讶地问爸爸：“你怎么来啦?！“

爸爸说：“下了飞机本来想直接回家的，但是风太大了，就把我吹到这里来了。”

哥哥“噗——”了一声，笑着跑开了。

看着场上穿着七分裤在打球的哥哥，爸爸很满意地说：“不错，腿比我的腿长！”我得意地说：“像我！”

忽然，他又很认真地跟我说：“我知道你为什么脚总会冷了！”

“为啥？”我问。

“因为你腿太长了，导致供血不足，这就是所谓的‘高冷’。”

在家庭里也要允许试错

前天晚上带哥哥打完球回家，刚停下车，拿起手机，发现我在哥哥的家长群里被@了，成了“热点”人物。原来，哥哥他们下午又检查视力了，他的视力恢复到了4.9和5.0，而二年级下学期的时候，他的视力是4.6和4.9，其间仅隔了一个学期。

哥哥刚查出近视的时候，爸爸没选择去医院配眼镜，他选择了贴耳穴来对抗近视。他有个朋友，很有经验，他女儿就是用耳贴来恢复视力的。他的那位朋友在一个大夏天的中午从市里跑过来，给哥哥贴了一下，然后爸爸拍照记录下来，每次依葫芦画瓢贴贴，贴得不是那么精确，有时候还没贴一会儿就掉了，有时候一忙忘了就忘了，但也算是断断续续坚持下来了。

这次一查视力，让之前抱观望态度的家长纷纷来求方法，想要尝试了。

其实，我和绝大多数的家长一样，觉得耳穴疗法恢复近视不够科学，我也不想让孩子那么早戴框架镜，所以我心里的预案是让他用角膜塑形镜来延缓近视的。但爸爸这么信任耳穴法，而且也不用我烦，就试试呗。我会时不时问问哥哥平日里会不会觉得有看不清楚的时候，以便及时止损。

在对待孩子方面，我跟爸爸的很多观点是不一致的，但他在长篇大论时，我心里即使再不同意，也都会保持沉默。一方面，是维护他在孩子面前的尊严；另一方面，我很清楚，我们俩是谁也无法说服谁的，不想把气氛弄糟。所以，对于一些不是很离谱的事情，做就做吧，但我会时刻注意是否有问题出现，及时纠偏或“止损”。

我们都是第一次做父母，所以要允许试错，但切忌互相指责和埋怨，毕竟大家出发点都是好的。发现问题，及时纠偏。问题方也需要积极面对错误，不能执迷不悟。

（至于耳穴法恢复视力，我个人还是持保留态度，但不否认它肯定有些辅助功效。）

生活中没有如果，只有结果

昨天哥哥一见到我，就说他运气好差，好不容易攒到抽B级卡的机会（数学老师给他们的奖励机制），却只抽到了三块饼干，没有抽到一直想要的盲盒。他一直耿耿于怀，如果不抽那张，是不是就能抽中盲盒。

我跟哥哥说："别'如果'了，我们生活中没有如果，只有结果。你今天抽奖品，没有抽中你想要的，那就坦然接受这个结果，再多的'如果'也改变不了事实，只会让自己越想越不开心。本来你获得抽奖机会，是对你这段时间努力的肯定，是件开心的事儿。

"而且，你可别小看那三块饼干，它们可都是网红饼干，你们老师真是挺用心的！"

我说："要不周末我请你抽一次盲盒去？"他很干脆地拒绝了，看来不是单纯为了盲盒本身。

对于生活中的既成事实，无论是好是坏，都需要去坦然接受。有些事，不是不在意，是在意了又怎样。自己尽力就好。生活有进退，输什么也不能输掉心情。

在学习方面，父母到底该做多少？

昨天上午，爸爸先接到哥哥数学老师的语音电话，据说他当时紧张得一塌糊涂（缺乏锻炼的表现），但因为在开比较重要的会，就没能及时接。

然后，老师就打给我了，我就不一样了，相当淡定，因为“身经百战”！电话那头居然是哥哥的声音，说是周五那张数学测验试卷没带去学校，需要我送过去。忘带作业？还是很少发生的！一问，原来是爸爸擅自把他的测验试卷都收到他房间的一个文件夹里去了。

我觉得爸爸这次又做得太多了。把试卷统一整理起来，的确是个好习惯。但我的观点一向是，你可以告诉孩子怎么做，但具体还是让孩子自己去落实。

在学习上，我和爸爸的态度很不一样，我很“佛系”，我只负责答疑解惑；但爸爸很在意，要亲力亲为，幸亏他基本只有周末在家，所以，我们的冲突会比较少。

但是，上周末他看到哥哥周五的数学试卷以后，情绪就一直不太好，反复跟哥哥强调，以后每天晚上把他所有的作业都拍个照片发给他，他来做远程指导！这很显然，是在对我的不作为表示不满。

说实话，我是真的不知道在学习上该为给孩子做什么，我一直觉得学习就是自己的事情，可能跟我自己的成长经历有关。我从小学六年级开始就自己照顾自己的生活，摸索着怎么做饭把自己喂饱，至于学习，就更没人管我了。从初中开始，我的学习开始一路逆袭了，因为那时候我自己想要学习了，想要离开那个生活环境，想要出去看看这个丰富多彩的世界。

至于学习方法，其实大家都懂，就是不留知识盲点，及时把不懂的地方弄懂，这也是我现在对哥哥学习的唯一要求，也是我唯一能帮助到他的，至于更多的，我真的是无从下手。

我对孩子们的要求比较低，他们无须出类拔萃，只需与众不同。

他们需要自己学着走路，走自己的路。

不要向困难低头！

昨天哥哥参加野外活动，带回来一块打火石，我和爸爸小时候都没玩过，好生羡慕，我提出来想要试试。

没有天然的火绒，我就用卷纸代替，然后蹲在地上，开始迅速摩擦打火石，自以为力度和频率都够了，但费了老鼻子劲，还不见有火花出来。“算了算了，我放弃了！”我边说边站起来。

爸爸说：“别！你遇到任何困难，可都不能低头啊！”

我感觉他有特指，就问：“为啥？”

他说：“因为你有双下巴！”

说完，他得意地摇头晃脑。

学习是为了充实自我

昨天晚上表演完到家，吃过晚饭，我又开始弹下午的表演曲目。

哥哥就问："表演都结束了，为什么还要弹啊？"

我和爸爸几乎异口同声地说："弹琴不是为了演出，而是为了充实自己！"

接着，爸爸又说："就像你们学习，不是为了考试一样。"

但是，说着说着，就感觉不那么铿锵有力了。

现在小朋友的世界里（我们那个年代其实已经开始），学习好像就是为了考个试。学琴、学画、学舞蹈等等，就是为了考个级，身边不乏一些过了钢琴十级以后再也不愿意碰钢琴的小朋友。

考试、考级的确是一个定期检验学习成果的好方法；是一种及时发现学习过程中的问题，督促去改善和提高的好工具；也是目前为止，分配教育资源相对公平有效的好"尺子"。

只是希望小朋友们在这个过程中，不要曲解了考试的目的，不要丢失掉学习的快乐。

自由是什么？

昨天晚上哥哥打完球到家，有点小疲惫，再加上作业还只字未动，看到在那边玩得不亦乐乎的弟弟，就有了些小情绪，说：“小弟真是自由！想干什么就干什么！”

我说：“小弟的这种自由是自由的最低级别，叫作：想干什么就干什么。而我们现在所做的各种提升自己的努力，都是为了追求自由的最高级别，叫作：想不干什么就不干什么！”

哥哥在那里畅想了一番，然后腾地站起来，提着重重的书包，一脚深一脚浅地去写作业了。

加油，为了自由的最高级别！

用唱歌来代替吼叫

作为父母，我们面对孩子，都想做到“零吼叫”，但有时候，那股气上来了，闷到胸口，堵到嗓子眼儿，就想让它爆发出去，否则自己要“就地爆炸”了。但事后，往往又会自责内疚。

更糟的是，面对我们突如其来的情绪，小朋友们接收到的信息是，“妈妈生气了，我好害怕”。至于我们跟他们具体在讲什么道理，他们几乎是屏蔽的。

这对于五岁以下的孩子尤其明显。我有一次忍不住吼弟弟是因为他短时间内尿了两次裤子。大多数时候我会边无奈地给他换、洗，边跟他叨叨尿尿要提前说之类的。但那一次正赶上我手忙脚乱，心里有点烦躁，我就吼了他，这个平时嬉皮笑脸的家伙一下子委屈巴巴地扑簌扑簌掉眼泪，特别可怜。

那次以后，他依旧会尿裤子，但他第一反应就是惊恐地看着我说：“妈妈不生气！”

昨天看到一位博主分享她“零吼叫”的经验，说是当胸口那股气要喷涌而出的时候，就用唱歌的方式，让它出来，自己情绪缓解了，同时，孩子目瞪口呆地看着滑稽的妈妈，似乎给刚才那一刻按下了一个暂停键，大家都缓一缓，然后再继续就事论事。

我想象了一下那画面，可能会有些诡异，但我还是想试试，因为从理论上讲，这的确是个给情绪缓冲的好方法。可能不仅是面对孩子时的情绪，对其他情绪的缓解也会有用。

我要开始给自己准备一些歌单了。

除了嘴，哪里还能说话？

昨天晚饭后，我和爸爸在餐厅面对面坐着，各忙各的。忽然，爸爸开始高频率地往嘴里扔夏威夷果仁儿，我看了他一眼，他着急地说：“还有十分钟就八点了！”“八点有事儿？”我问。他说：“八点以后不能吃东西！”

这时候，哥哥来了，说特别特别想吃冰激凌，我说，想吃就吃，而且赶紧吃，越早吃越好！他把冰激凌拿了出来，看了三十秒，又放了回去，说算了，忍忍吧，他觉得他自己最近胖了。

此时，爸爸以2倍速转过头，对哥哥竖起两个大拇指，掷地有声地说：“佩服！你就是我心中的神！！”

接着，爸爸激昂地说：“我承受了这个年纪不该承受的对美食的热爱……好！我这次减肥不能光用嘴说了！”

这时，站在旁边，本来想蹭点冰激凌吃的弟弟问爸爸：“爸爸，不用嘴巴，哪里还能说话？”

任何东西在错过了那个真正需要的时间段后出现，都没有意义了

昨天有个小宝宝的妈妈跟我求助，问我是否要牺牲一些工作时间来陪伴宝宝，她发现宝宝跟她很疏远。

我跟她谈了我的感受，我觉得孩子们真正需要我们陪伴的也就是最初的这几年，所以可以适当调整放下一些东西。哥哥现在三年级了，我就能感觉到他在慢慢独立，我们很多的无微不至可以逐渐离场。而这大胆的放手是建立在之前的陪伴给他建立起来的安全感之上的。

我记得李玫瑾教授讲过一个案例，广东的一位父亲因为生了儿子，想要给他创造好的条件，外出挣钱十几年，有了千万资产，抽时间赶回家时，发现儿子早已是混迹于网吧的混混，他带着孩子找到了一位教育专家，说：“我给你一百万，帮我把孩子教育好。”专家表示很为难。

李玫瑾教授给的评论是：“可怜的父亲，你就当那钱是自己的工资，把所有的工作放下好好陪伴你的儿子，或许他还有救。如果你依然为了挣钱而抛下儿子不顾，你的儿子可就真的没戏了。”

金钱能买到好的教育资源，却买不到孩子成长过程中的教育缺失。在孩子的成长中，父母的高质量陪伴才是对他最好的教育。而且更重要的是，“幸福的人，一生都被童年治愈；不幸的人，一生都在治愈童年”，这个我体会太深了。

这就好比一个快要饿死的人，他需要的只是一个白馒头，而如果跟他说：“你等等，我去挣钱，买山珍海味回来给你吃。”即使山珍海味真的到了，它们早就没有任何意义了。

但值得注意的是，我指的陪伴并不是指完全“失去自我”的陪伴，万事万物，过犹不及，我们和孩子都是独立的个体。

有时候，客气是用来制造距离的

昨天中午我们不想做饭，就打算从盒马上买个猪肚鸡火锅涮点蔬菜。问哥哥，吃不吃火锅，或者他有什么别的想吃的，我们可以另外买或者准备。他说他都可以，随便。

火锅吃到后半程了，哥哥说，他其实一开始中午想吃面条的。

我说："我们现在也可以直接下一点面条的。"

他说："家里有面条吗？没有的话就算了。"

我说："有！"

他又犹豫了，说："算了算了，太麻烦了，我也差不多吃饱了。"

这就是哥哥的性格，他很多时候跟我们都很客气，怕麻烦我们。

我以前也有这种倾向（现在稍有改善），就是不想给别人添麻烦，觉得自己能解决的就尽量默默解决。结果往往是原本只需花一分气力的事情，我花了十分的气力，还不一定解决问题，有时候还会搭进去心情，而别人也会觉得我有距离感。

殊不知，你不麻烦别人，人与人之间的关系是很难展开的，这是一个互动的过程，而不是单向的。好的关系，就是从互相麻烦开始的。

很多时候，客气不是用来表达礼貌和教养的，而是用来制造距离的。

不要害怕在老师面前出错

我是个大龄琴童，我非常非常非常喜欢我的钢琴老师，每周一次的钢琴课，对我来说，一方面是学习，另一方面是一种疗愈。我的老师是在一个“温柔且坚定的”环境中成长起来的，能感觉到她的内心是充满了爱的，她的积极和乐观很有感染力。她的专业素养很高，她科班出身，在这么多年的教学中，她一直在反思、总结和改进，在关注技巧的同时，她更强调音乐性，她认为音乐就是要表达自己的情感，所以完全可以根据自己的理解和当下的心情去表达一首曲子。

我很喜欢听她讲她对古今中外音乐的理解，听她的学习和成长经历，和她探讨一些关于教育和生活的话题。所以，经常不知不觉会把一小时的课拖成一个半小时，甚至更多长时间。

昨天去上课，因为下周末就要表演了，所以要加紧对表演曲目的打磨。以前讲完一个难点，我一般会接着问下一个难点。昨天老师冷不丁地说：“我知道你每次怕在我面前出错，总是听完以后想自己回去慢慢练。你还是弹一下，这样问题解决起来比你自己在家里慢慢琢磨要快很多，而且你自己琢磨的还不一定对。”

听到这里，我胳肢窝里汗水都出来了（我紧张时候的反应），心想，天哪！太厉害了吧！我原来早就被看穿了！

我尴尬地笑了笑，把每个难点过了一下。她说得没错，在她面前只要暴露错误，就能及时被纠正，的确事半功倍。

她可能没有意识到，她的那句话，把从小到大束缚在我心上的一张网给剪开了，让我有一种释然的感觉！我从小到大都害怕在课堂上出错！所以，我上课最怕被老师喊到回答问题，到了大学也是。成年了，似乎更要面子了，怕识谱识错、反应慢，怕弹错、弹得磕磕巴巴，所以，每次上课，我更愿意去听和问，然后课后自己慢慢去理解和消化，而不是去实践，因为我害怕在老师面前出错。

也因此，我很能理解哥哥在课堂的表现。

但现在不同了，我敢于在老师面前暴露错误了，感觉心里的恐惧和障碍被清除了，就像发现鞋带松了，就及时系好，这能更快速地让自己前进。

不要对一些尴尬念念不忘

昨天打完球，准备跟教练、队友打个招呼离开，哥哥本想回眸一笑，没想笑出鼻涕泡。

他觉得超级尴尬，含糊地打了个招呼，就匆匆离开了。到了车上，还有丝耿耿于怀，觉得那个淘气的鼻涕泡影响了他的形象。

我说：“首先，球场那么大，大家隔那么远，没准谁都没注意到那个爱凑热闹的小泡泡。而且，即使大家看到了，也根本无暇去笑话它，教练忙着教学，队友忙着换衣服赶回家写作业，对它念念不忘的也就你自己。再说了，这又不是你故意的，谁不会有些意外的小尴尬啊，我还觉得挺可爱的呢！”

哥哥嘟嘟嘴，忍不住也笑了。

我们成年人的世界可能会明显一些，有些事情，你可能会尴尬到念念不忘一整天，但别人，其实一两分钟就忘了。不要因为一时的尴尬，破坏了一整天的快乐，自己对着尴尬笑一笑，然后就跟它摆手做路人吧！

阅读的确需要环境

昨天晚上哥哥第一次主动提出让我给他买一套书，一套逻辑推理漫画书——《真相只有一个》。尽管不是什么“严肃”的书，但足以让我激动地立马点开京东。

他最近真的开始有点喜欢看书了。这得益于他们班级的阅读氛围。他们班专门开辟了一块阅读区域，同学们把自己喜欢的书带过去，放在那里和大家分享。之前老师也发现了哥哥不爱看书的问题，因为他很少去阅读区看书。

前一阵子，他们班同学狂迷福尔摩斯系列的书，哥哥还是岿然不动。我后来跟一个同学妈妈借了一套他们家已经翻过数遍的福尔摩斯探案集（漫画版），哥哥可能是听同学们说多了，也试着翻翻看，觉得还挺有意思，就一本一本看下去了。《真相只有一个》说是他同桌昨天带来的，特别好看，可惜只有第四本，于是就让我给他买一套。

氛围激发了兴趣，兴趣也许能培养起习惯。

哥哥小时候，我正处于十分焦虑期，所以，我几乎从没静下心来给他读过绘本，讲过故事。他习惯于自己在那边看动画投影，我在那边干自己的事情。我觉得，一方面我错过了他阅读习惯养成的关键期，另一方面，他习惯了动态有声影像，这妨碍了他专注于静态文字能力的发展。

现阶段的弟弟相对幸运很多，我的焦虑从之前的“十分”降到了“一分”。我现在有耐心给他把同一本书讲很多遍，我自己也能静下心来翻翻书，不再是永远盯着电脑的状态。

三年前，一个师弟跟我聊过想做一个“伴读空间”的想法，他也是通过自身的经历以及观察，发现阅读氛围对孩子阅读习惯的养成非常重要，让他们觉得阅读就是生活天然的一部分。当时因为无暇顾及，“伴读空间”就停留在了一个模糊的“想”的阶段，但在我心里是埋下了种子的，一直很想让它发芽。也许以后哪一天，可以让这个想法实现。

我一点都不矮

我和爸爸非常在意小朋友们的身高，尤其是哥哥的身高，希望他能过180厘米。一方面，因为他打网球，之后需要身高的支撑；另一方面，关乎他以后的形象，有时候觉得男生是“一高遮百丑”（我们对身高有点“走火入魔”了）。

这些过度在意主要源于我和爸爸的身高都不算高，怕基因拖了他的后腿。

昨天打完球回来的路上，我们无意中又讨论到身高，细数了几个打球的小朋友，发现他们的老爸老妈个子都很高，老爸们即使没有180厘米，少说也有178厘米！我们觉得这些小朋友的身高起步180厘米！

这时候，哥哥问：“爸爸，你到底有多高？”

爸爸沉默了0.01秒，装着很不屑地说：“这有什么好问的，大家的身高不都是一米多嘛！”

我们可以说脏话吗？

昨天下午我接上哥哥去打球，争分夺秒赶路时，右前方一辆车没打灯就突然变道，开到我前面来了！我立马踩了踩刹车，脱口而出：“靠！这个人怎么开车的？！”哥哥说：“如果是爸爸的话，估计要骂那个人傻×了……”

哥哥早就习惯我们俩在他面前蹦这么一两个脏词。我们也给他解过惑，有时候，冒一两句脏话，无伤大雅，是完全可以的，这是一种情绪的表达方式，也比较符合人性。但他目前似乎还没实践过。

我们小时候总是被教育，说脏话不文明、没素质，不能说脏话！所以，我从小恪守得很好，直到出去上学，看到有些大牛偶尔也会蹦两个脏词，我当时没有什么有损道德品质的感觉，反而觉得他们很真实，更有魅力了，我也就慢慢地不再压抑自己了。

去年看到过一本书《我们为什么会说脏话》，其中就提到过脏话的几大“功效”。首先，能够提高沟通效率。在人们想表达愤怒、害怕、惊恐等特殊情绪时，说脏话能够更高效地传递出去，而且这些时候吐出来的脏字，就像我以前感受的那样，会让说话者显得特别真实；其次，能够降低暴力发生的概率，就像语言学家梅丽莎·莫尔在

《脏话简史》一书里提到，拿走脏话，我们就只剩下拳头和枪了；再次，据说说脏话能降低疼痛，这个我似乎没尝试过。

所以，对于说脏话这件事，要告诉孩子的是，并不是完全不能说，在一些情绪极度需要发泄的时候，说两句也无妨。但明确有些场合是绝对不能说的，例如，面对师长、在公开正式场合等。如果不把它作为洪水猛兽去打压，而是正确去引导，孩子们反而会和它和谐共处。

有时候，就想优雅地骂一句脏话，那就Go ahead（去吧）！

蹲下能更好地蓄积力量

哥哥打球时的爆发力总是不太够，教练有时候会说他打的是老年网球。

其中一个很关键的因素就是他不太会下蹲、降重心，然后靠蹬腿转身，让这股爆发力出来。以前微微屈膝就觉得自己已经下蹲了，现在稍微好一点。也许他觉得蹲得太低会让屁股撅得有点高，而有点不好意思，所以，我就一直跟他说，屁股撅起来动作才帅呢！

爸爸更敬业，还会亲自给他做示范。

下蹲是为了蓄积力量，形成向上的势能，时机一到，蹬腿转身，就能爆发出力量。如果是双脚蹬地的话，就可以高高跃起。

小朋友们对这个原理的理解还是有点模糊的，他们更多的是把下蹲蓄力单纯地作为一个口令去执行。随着他们成长，经历变得丰富，也许能在人生中更好地去体会“下蹲蓄力”的含义。

每个人的人生都有起起伏伏，只是幅度和频率有差异。每次的“伏”其实都是一次很好的下蹲蓄力的机会，这个力量蓄积好了，下次就能跳到一个新的高度。而如果直接“趴”在地上了，那就有点困难了。

更让我欣赏的是一些被光芒笼罩的人主动摘掉光芒，大方地下蹲、复盘、调整，再重新跃起，他们往往能跳出一条更高的新轨迹。

大方地下蹲，它会让你爆发出意想不到的能量！

努力与自己和解

昨天上午，爸爸跟我说了件弟弟的趣事。我现在还是陪弟弟睡觉的，前天晚上我倒头就睡了，弟弟却还在哥哥房间和他房间之间来回穿梭，把哥哥房间的一些玩具搬到他的床上，爸爸则在“暗中观察”。据说，第三次搬到床上时，我翻了个身，动了一下，弟弟惊恐地看了我一眼，立马躺下装睡。爸爸说当时的画面极其有趣！

我听了还挺诧异，我平时对他们多温柔啊，从不动手，偶尔高声训斥一下。爸爸说：“其实，你有时候还真的挺凶的，你在无形中还是会有你最不想成为的那个人的影子，因为他对你影响实在太深了……”

原生家庭对一个人造成的伤害或许真的要花一生去疗愈。心理学家说，你可以选择不原谅，但是要学会放下，与自己和解。

是我的小家让我重新看到了生活的希望和美好，让我慢慢强大起来，我在努力与自己和解，不把负能量传递给下一代。

如果每个小孩都是完美的话，那成长的意义在哪里？

每周五下午，哥哥会比弟弟早放学一个小时，所以每个周五我们俩会一起去接弟弟，然后一起去一趟小区门口的超市采购零食，很有仪式感地开启周末。

昨天在超市遇到我们小区的一位妈妈，一见我们就猛夸哥哥一通，听话、学习自觉、球还打得好、还能帮妈妈带弟弟。然后就开始数落他们家孩子的种种不是，让她如何如何失望。

我只告诉她，那是距离产生美，哪有那么完美的孩子。大家只是比较习惯把比较正能量的一面展现给外界，我也不例外。

其实，别说孩子了，完美的大人又有几个？正是因为不完美，成长才有了意义。而且，孩子本来腿就比我们短，干吗非得要他们跟上我们的步伐？

摘录一段北大校长胡适写给儿子的信，这是我一直推崇并努力践行的亲子关系：

我养育你，并非恩情，只是血缘使然的生物本能；所以，我既然无恩于你，你便无须报答我。反而，我要感谢你，因为有你的参与，我的生命才更完整。我只是碰巧成为了你的父亲，你只是碰巧成了我的女儿和儿子，我并不是你的前传，你也不是我的续篇。你是独立的个体，是与我不同的灵魂；你并不因我而来，你是因对生命的渴望而来。你是自由的，我是爱你的；但我绝不会“以爱之名”，去掌控你的人生。

先礼后兵！

我的一个好朋友的儿子也是三年级，但是年龄比我们家哥哥小半年多。我那朋友是个做事靠谱的热心人，以前只听她一个劲儿夸她儿子班级好，没想到，昨天，她跟我诉苦，说她儿子其实从一年级开始就常受到班里几个大个子的欺负，他们家孩子呢，本身也偏活泼，于是免不了开战。现在三年级了，肢体冲突似乎少了些，但一直还会受到语言上的攻击，而且势头越来越猛，搞得其他同学也会跟着起哄，老师参与了也没用，跟家长说了，也没响应。她也一直在正面引导她儿子，但敏感的小家伙心里已经受伤了，导致他最近心里总是会冒出极端的想法。我真的很难想象她这两年经历了那么多，如果是我的话，我保不齐早已沦陷在情绪失控的前线上了。

其实从哥哥身上，我也能感觉到，随着孩子们长大，他们之间矛盾和摩擦的复杂性会逐渐提高，因为他们的心智在发展，想法也更趋于独立。家长此时的作用很重要，在我看来主要有两点：（1）正确三观的引导（这是重要前提）；（2）做精神上强大的后盾。至于具体的矛盾冲突，可能真的只能靠小朋友们自己去解决了，这也是他们迟早要面对的。

我们家哥哥从小就是个好好先生，毫无攻击性。说实话，从上小学开始，我们也一直担心有校园霸凌这种事情，无论是肢体上的，还是语言上的霸凌，这对幼小的心灵都有可能造成不可逆的伤害。我跟爸爸给他的建议就是：先礼后兵！先是语言上的警告，也可以求助老师，如果还是不消停的话，直接上去一拳。（这些都还停留在理论阶段，尤其是怎么出拳都还不会。）

我相信，在三观比较正的家庭成长起来的孩子，在“礼”的阶段，就差不多能把矛盾解决了。如果还是无法解决，那就动“兵”吧！

这只是我的观点，欢迎大家讨论！也正好能帮我那朋友想想办法，我“出兵”的建议，对于她家的孩子目前也不适用，块头没有优势，也没练过拳脚。

你能接受试错成本吗？

昨天我看微信朋友圈有人发了四张图，2×2的展现方式，我当时就很想知道这种排列顺序是怎么呈现出来的！我以前总是以为四张图的话，只能以上三下一的形式出现。这就让追求形式工整，但只有四张图时的我很难受。我通常会忍痛去掉一张，或者违心地再凑上两张。

一个好朋友悄悄私信告诉我，如果只有四张图，发布以后就会自动两两排列了！她说她有一次找不到别的图了，心一横就发布了四张图，结果发现了这个秘密！

呀，我怎么就从来没想过试一试呢？！如果发现效果不好，大不了删了重来，这么低的试错成本我居然都一直没能接受，却任凭自己在“去一添二”中煎熬。差评差评！

想到雷军在小米上市后说的话：“有机会一定要试一试。创业，其实试错的成本并不高，而错过的成本非常高。”尽管他的话是针对创业的，但具有一定的普适性，我们很多想做而未去做的事情，就是怕自己无法承担它们可能带来的试错成本。我觉得至少有两种情况，可以放手一试：（1）试错成本很小的，例如，尝试星巴克的新品；

（2）人生中一直很想做的事，不做的话，到了暮年会感觉遗憾的，例如，雷军的创业。第二种情况试错成本会比较高，所以一旦开始尝试了，就需要全身心投入，会大大提升成功率，而且即使失败了，也会是另一种收获。

我决定以实际行动来“洗心革面”，去剪一个云朵朵一样的短发！想尝试很久了，但我的理发师每次都勇气不够，我今天也要给他普及一下试错成本理论。

过度美颜“偷走”了我的大脸

昨天急吼吼地去拍证件照，照相馆提供的化妆造型服务都没要，说直接照就好！前台小姑娘始终一脸纠结地看着我，估计在斗争要不要告诉我，我对自己的形象过度自信了。

咔咔咔，三下五除二拍完，摄影师让我选一张合适的，他来进行后期处理，看原片时，我的内心是略带忧伤的，黄皮、坑洼、大眼袋、鱼尾纹，完全是中年妇女的即视感，挑了张照片，说晚上就能把电子版发给我。出了照相馆的门，刚才那股忧伤就自愈了。

晚上，沉浸在哥哥们全班外出研学拍摄的阳光照里时，微信提示我的电子照片好了！我一打开，尽然有种不忍直视的感觉，过于细皮嫩肉且光滑就算了，关键是我那张被智慧硬生生撑大的脸也没了，而是被一张小巧玲珑的瓜子脸给取代了！我想转天看看能否让他们把我那张丢失的大脸找回来。

我拍照几乎都是生图出，一方面是因为懒，另一方面是我有颗脆弱的心，接受不了照片和照镜子时的差距。爸爸有时候会教育我，可以适当地把杂乱的背景虚化得艺术一点，我也总是无动于衷，有时候逼得他亲自操刀。

适当美颜，自娱自乐，无可厚非；过度美颜，自欺欺人，大可不必。

小朋友越小越是珍视父母的陪伴

昨天哥哥班级集体去郊外进行蔗糖研学了，是一整天的活动。早晨我们把他送到校门口，问他我们要不要也像别的父母那样，下车去陪他一会儿，等到他上车了再走，他连连摆手，说："不需要，不需要。"然后头也不回地奔向了同学们。我感慨，真是长大了。

爸爸上午还要赶着去踢场足球，我们就走了。

昨天弟弟难得做一回"独生子女"，尤其是难得可以得到爸爸单独关注的一天！平时，爸爸只要在家，绝大部分时间都给了哥哥，陪他打球、学习，与他谈心，跟弟弟的互动总感觉是附带的。

所以，爸爸中午踢完球回来，弟弟就黏着爸爸了，我在一旁就偷着乐。弟弟拿着绘本让爸爸给他讲，俩人依偎在沙发里，哪怕爸爸读得再平淡无趣，他也十分专心、安静。读完一本，他又去拿一本，就这样来来回回拿了七八本。爸爸中途几次申请能否休息一会儿，弟弟都没批准。

弟弟中午的觉都没舍得睡，直到晚上五点多，我们要出门接哥哥，他一上车，就秒睡了。这个看似大大咧咧的小家伙，其实用情还挺深的，能感觉到他非常珍惜父母的陪伴。

孩子越长大，就越走向身心的独立。在他们需要我们陪伴的阶段，我们就要尽可能地给予他们陪伴。

孩子的眼睛也是雪亮的

昨天傍晚，我和哥哥在弟弟幼儿园门口等他放学，我问哥哥晚上想吃点什么，我可以给他要一个外卖，家里晚上煮了稀饭，我担心他不喜欢吃。

他说："吃朴素一点吧！"

我说："没事儿，今天是周五，难得！"

于是，他挑了老长沙吃货铺的肉酱拌粉，我也就顺便浏览一下菜单，给自己加了几样小吃，臭豆腐、卤水藕片、三角卤豆腐、冰粉、烧仙草……一看，接近一百了。"怎么这么多，去掉点！"我自言自语，只保留了藕片和卤豆腐，费用少了一半多。

哥哥问我："你怎么不要那些小吃了？"

我说："省点钱！"

哥哥立马说："不错！你开始勤俭节约了！"

"啊？我……好吧……"我心虚得不知道该说什么。

原来，小朋友们也会观察着我们的一举一动，开始有他们自己的价值判断了。我也再次认识到，父母的言行习惯对他们潜移默化的影响有多大，不管是正面的，还是负面的。

我的消费习惯远不如爸爸，没有计划，没有意识，很多东西，想买就买了。好在，我也开始在慢慢规范自己。被哥哥昨天那么一点评，我更需要好好表现了。

给自己加个油！

你有自嘲的勇气吗？

哥哥的性格总体来说偏腼腆，有点谨小慎微，总怕因为说错话、做错事，被人说或被人笑话而有点放不开。我们鼓励的话说了不少，可是见效甚微。我们最近改变了策略，在他面前自嘲！

比如，我给弟弟穿毛毛虫鞋，穿错左右脚了，我就会嘲笑自己，说："我这是什么眼神儿啊？！哈哈，鞋子都能穿反！"然后弟弟还会补一句："糊涂妈妈！"哥哥在旁边呵呵笑。

爸爸有时候故意大声读一些哥哥他们书上的英语单词，发音都是奇奇怪怪的，哥哥会帮助纠正他，然后爸爸笑着惊呼："啊？我这十多年都没读对过！"我再补一刀："真不知道你高考英语是怎么考的。"有时候，光是爸爸奇怪的读音就能把我们逗得哈哈大笑。

这招似乎有效，我们看他在球场上，面对教练的提问，不再是那么怯生生的了，也敢于大声回答"不知道"了。据说，在课堂上，他也会积极发言了，不会像以前那样，怕说错，而选择躲避。

我们每个人都难免会遇到一些尴尬甚至难堪的场面，学会自嘲，主动直面和剖析错误和缺点，能变被动为主动，是一个不错的选择，但这的确需要勇气。能自嘲的人，一般都会比较豁达，张弛有度，不会纠结于小事，拿得起放得下，这是一种人生智慧。

希望能真正积聚起更多的自嘲的勇气！共勉！

作为父母，我们自己是否能够愉快地轻跳？

昨天转发了“小安mama ”视频号上，本杰明·桑德（波士顿爱乐乐团总指挥）对一位拉小提琴的华裔小姑娘的点评与指导，看到最后，很多人表示被感动了，感触很深。

本杰明对小姑娘做了些表现技巧上的点评后，试着让小姑娘轻松愉快起来，带着她轻跳，让她试着微笑，但发现都很难。他转而问小姑娘的妈妈，觉得她女儿漂亮吗，琴拉得好吗，对孩子整体满意吗，得到的答案都是否定的。本杰明很直言不讳地说，小姑娘很优秀，琴也拉得很好，她一点问题都没有，问题出在了妈妈身上，妈妈把她自己的焦虑传递给了女儿，让女儿根本无法愉快地轻跳，很压抑沉重。作为父母，我们就该接受并肯定我们的孩子，接受他们就是普通人的现实，让

他们能够轻松愉快地成长，这才是最重要的！

其实，很多父母都知道这个道理，但还是忍不住担心孩子不够优秀，落在后面，因此一定要积极有所作为。殊不知，人生是一场马拉松，某一个阶段跑得遥遥领先，并不代表后面一直是这个状态，万一身心出了问题，越是往后，越是很难轻松愉快地跑起来。

父母对孩子的影响可能比我们想象的还大，要让孩子能愉快地轻跳起来，首先要看看我们自己能否做到。

不要高估自己在别人心目中的位置

我们家哥哥和我一样，比较敏感，尤其在家里，对爸爸的表情很敏感。爸爸严肃的时候，看上去很凶，哥哥就会以为爸爸又对自己有什么意见，或者自己哪里做得不好。

昨天晚上也是，爸爸因为在处理工作上的一些棘手的事情，眉头紧缩得多了一些，碰巧哥哥昨天打球状态又有点不佳，他就认为爸爸对他的表现很生气，把自己搞得委屈且忧伤，典型的“想多了”。

我也一直在反思这个过度敏感的问题，一大半是来自高估了自己在别人心中的位置，导致主动地把别人的很多言行举止和态度都指向了自己，然后觉得很受伤。

不要高估自己在别人心目中的位置，其实也是一种自我保护，通常伤害到我们自己的，并不是别人的无情，而是我们的想象预期。

自省！

乐器应该是音乐和灵魂之间的桥梁，而不是高墙

我和爸爸都认为小朋友们需要有一定的音乐素养，音乐是最接近灵魂的东西，能让他们以后的心绪有一个良性的通道。我当时采取最直白的方式，就是让哥哥去学钢琴，不要求他考级，只想让他通过钢琴来接触、了解音乐，很“佛系”。“佛系”的要求就导致更“佛系”的学法。

每天能坐在琴面前五分钟就很了不得了，那就铁定弹不出曲子，找不到成就感，兴趣也就减弱，放弃也就成自然了。我们很坦然地接受他的决定。我也就心安理得地跟着他的老师开始学琴了，不用蹭课了，每次触碰琴键都能让我感到平静。

哥哥不学琴了，反倒是更愿意时不时弹一弹琴，尤其是弹他近期喜欢的流行歌曲，比如这一段时间是《大风吹》，还挺自我陶醉的。我说：“你如果需要老师再指导一下你这首曲子的话，我可以帮忙约时间。”他很愿意，完全不同于以前去上课的那种“寸步难行”。

前天跟哥哥的几个同学妈妈聊起来，她们也是持差不多的观点，认为等孩子们真的有了想要去用音乐表达感情的需求时，他们就会主动去学，而且会学得很好。最经典的阶段是想要在女生面前展现魅力

的时候。

如果不是要走专业路线，或者娃自己现阶段也不是很感兴趣的话，我觉得没必要把学乐器摆在过于重要的位置，不要把乐器变成工具，而是要将它看作媒介或者桥梁去接触音乐。过于功利的目的反而会让乐器成为一堵高墙，把孩子对音乐的喜爱阻隔开了。

成长是一个学会分离的过程

昨天下午，哥哥班里的“食物研究小组”重启了暑假没完成的“美食实地探访之旅”。以前这种户外活动，都是爸爸陪着哥哥去，或者是我们一起去。但昨天下午爸爸有一场足球赛。他是足球重度爱好者，有大娃之前，他每周末踢一场，一场球能回味一周；有娃之后，他就周末在家带娃了。小娃现在也大了，他终于又可以重新捡起他的热爱了。所以，他就无法陪同哥哥参加活动了，我也支持他去踢球。

而我呢，感觉有点犯懒，想偷一些自己的时间，而且说实话，每逢外出活动，我心理上是对爸爸有点依赖的，他不去，我就更不想去了。于是，我们跟哥哥商量，让他一个人跟着小伙伴和他们的爸爸妈妈去，他非常爽快地就同意了！我还以为，他会非常希望我陪着他一起呢！突然感觉到，他真的是长大独立了！最后，爸爸还是于心不忍，派我陪同了。

昨天下午，让我出乎意料地舒服！四个小伙子，自己玩自己的，不亦乐乎！老母亲们自己聊自己的，悠哉漫步。不用像小时候那样，目不转睛地盯着娃，然后叮嘱这个，嘱咐那个。吃饭的时候，也是男生们一桌（加上后来的两个爸爸，包括我们家那位踢完球，心情大好的爸爸），女生一桌，一起打卡了一家网红跷脚牛肉店。

总之，感觉我们三个人，在昨天下午享受了分离带给我们各自的独立和愉悦！

成长是一个分离的过程，不是单纯的物质或身体上的分离，而更多的是价值观和思想上的分离。分离是一个人生命中的一部分，升学、搬家、生死，甚至想法和信念的变化。我们越能成功处理分离，就越能发展出健康的自我界限，就更能有个健全的人生。

而自我界限是指在人际关系中，每个人能清楚地知道自己和他人的责任和权利范围，既保护自己的个人空间不受侵犯，同时也不侵犯他人的个人空间。如果处理不好分离，这种边界感往往会被模糊，人与人之间的相处就会有压迫和拧巴的感觉，尤其体现在“巨婴”身上，进而会带入到夫妻之间，甚至扩展到与同事朋友之间。

父母与孩子之间要慢慢建立起各自的边界，夫妻之间，也要给彼此留出空间。在生活中，逐渐适应分离，进一步成长。

尽量避开“知识诅咒”的坑

前天晚上哥哥的英语作业有一项是默写第三章C、D两部分的核心词汇。一上来就把later 写成了latr ，我有点严肃了，说：“我跟你说过好多遍了，发音‘呃’结尾的，一般都是er 组合，偶尔是or 组合，你怎么又忘了？”哥哥有点嘟嘴了。接下来写thick（厚的），想了半天，无从下手，我嗓门提高了：“你们phonics（语音教学法）部分着重学了th 的发音，你一读这个词，就应该知道是th开头啊！”哥哥越来越紧张，我让他再写一个together （在一起），又是不会，我说：“这里不是三个音节吗？！你一个个拆开来写，就很简单了！”这时候，爸爸过来打圆场，说你妈妈一教你英语，就容易焦虑。我当时真的有点小情绪，内心的台词是：这么简单的东西，怎么都不会？！彼时，我已经被“知识诅咒”控制。

“知识诅咒”是心理学上的一个术语，指的是一旦我们自己知道某样东西，我们就会很难想象不知道它的时候会是什么样子。我们的知识“诅咒”了我们。对于我们自己来说，同别人分享我们的知识变得很困难，因为我们很难再重新塑造我们听众当时的背景和心境。我们对自己已经掌握、已经熟悉、已经理解的东西会在价值观假设上做出错误的估计。

最常出现的是，陪孩子写作业的家长容易抓狂，老员工对新下属的工作怨声载道，教授传授学问、指导研究时经常会感到失望。这是因为心智模型发生了变化，尤其是当你在某些领域成为专业人士或专家后，你的心智模型就变得更为复杂，而组成心智模型的步骤也会淡化记忆背景(知识诅咒)。

要打破这个诅咒，我们要尽可能地站在对方的立场去考虑问题，从对方的认知水平和知识格局出发，和他一起洞悉适合于他们的认知规律和方式，这也许才是有效、深刻的教育方式。

共勉！

你以为你做到了，其实并没有

哥哥网球正手挥拍时，教练总跟他说右手抬高，胳膊肘的高度要到肩的高度，我们也会提醒他，但胳膊总是离那个高度差一截。昨天，教练恍然大悟，问他：“你是不是以为你已经举到那个高度了？”哥哥很诚恳地点头说是，原来他的自我认知和实际情况之间出现了偏差，忽然有种买家秀和卖家秀的即视感。

后来教练让他索性夸张一些，把手举过头顶，那时候，哥哥的胳膊才达到了应有的高度，弥合了“以为”和“实际”之间的距离。

很多时候，我们以为我们做到了，实现了我们心目中预期的那幅图景，却没有及时反观。如果有人中肯地提醒你，你还没有做到时，我们更需要去“照一下镜子”，相对客观地比照一下自己的感觉与实际的情况，找找差异在什么地方，为什么会有这种差异，能否弥合，怎么才能弥合。

多“照镜子”能减少一些“我以为”带来的偏差。共勉！

自己喜欢的东西，就不要问别人好不好看

昨天哥哥把他们艺术节闭幕式上的演出服拿回家了，是一套带有中国风的街舞装，黑上衣红裤子。他先铺在地上欣赏了一会儿，说喜欢。然后立马换上了，上蹿下跳，觉得帅气得不得了！说实话，这身衣服并不符合我的审美，但哥哥自己超级喜欢，他说已经超越之前买的一身黑色运动套装（其实是家居服），成为心目中的第一帅了！他自始至终陶醉在自己的喜欢中，没有问我们是否好看，我都被他高涨的热情感染了！

而我，总会问一下爸爸或者哥哥，这衣服好看吗？我这发型可以吗？如果他们没有给出一个很肯定的反馈，我就会对我喜欢的那件事物“另眼相看”，哪怕我自己很喜欢…… 我的内心还是太在意别人的眼光，囿于别人设定的框架下。

自己喜欢的东西就不要问别人好不好看，自己决定做的事就不要问别人同不同意。你的生活，不会因为别人的话而变好。但，会因为你的努力而有更多可能性！

共勉！

我们要在任何时候都有重新开始的勇气

弟弟拿着磁力片积木的说明书，要我给他搭一个复杂的城堡，我连连婉拒，表示能力有限（主要是耐心有限），一旁的哥哥自告奋勇，说他写完作业就给弟弟搭！作业写完，搭建开始，再过了一会儿，就听到哥哥喊我去给他的作品拍照留念，地板上的建筑群的确很宏伟！

咔嚓，照片拍完。啪——，弟弟一脚踩过去，把建筑主体给毁了。“你——”哥哥生气又委屈，感觉到眼泪打转了，弟弟一声不吭地站在一旁，意识到自己闯祸了，让他给哥哥道歉，也很爽快。

我跟哥哥说：“幸好我把它的照片拍下来了！塌了，我们就重新开始搭，再复杂的都没问题！积木的乐趣就在于搭了拆，拆了搭。”

哥哥似乎释然了，说：“小弟，我们再搭一个宇宙飞船吧！这次你不许那么快就把它毁了！”两个人又重新开始了。

生活中其实也需要像搭积木一样有重新开始的勇气！

想起了杨绛老先生说过的话：

如果你的前半生过得一塌糊涂

那你后半生一定重新洗牌

找回最初的自己

钱没了可以再挣

朋友没了可以再交

爱情没了可以再找

你什么都不缺

缺的只是一份重新开始的勇气

共勉！

不要以老眼光看人

昨天我有个东西需要哥哥替我转交给他同学的妈妈，我边把东西放进他书包最外面的一层口袋里，边笑着说：“我估计你十有八九会忘记”哥哥不服气地“哼——”了一声，就出门上学了。下午我4：00接哥哥去打球，4：30开始训练，从学校到球场，我开车需要30分钟上下，所以时间比较紧凑。昨天4：03了，还没见哥哥的身影，我就开始着急了，发信息给哥哥的老师，问哥哥是不是又忘了。老师说，哥哥刚整理完书包，下楼了！

见到哥哥，我打趣儿地跟他说：“我以为你又忘了呢，还去‘骚扰’了你的老师。”他说没忘，他在抄布置的数学作业，所以晚了点。我又问他东西有没有转交，他很干脆地回答：“给啦！”

“哦？不错嘛！”我尽然下意识把我意外的欣喜脱口而出了。

其实，我后来在球场上就开始反思这个问题了。很多时候，我会以老眼光来看孩子，但他其实已经在一些问题上暗暗注意了，如果我还总是拿老问题打击他，他心里是会委屈难受的，因为他的努力没有被看见，这种委屈难受我自己也体会过。

所以，不要总是以老眼光来看待别人，而应该试着换以发展的眼光。

在自己喜欢的时间里，按照自己喜欢的方式，做自己喜欢做的事，对我而言便是自由人的定义。——村上春树

几年前，看龙应台的书，她说她对孩子的期望只有一个，那就是他们以后能有自己的时间。这句话，当时就让我印象非常深刻，随着生活不断地展开，我越来越能体会其中的深意，也越来越认可。

在我看来，“能有自己的时间”的人生就是成功的人生！能以自己喜欢的方式做自己真心喜欢的事，不需要“高大上”的光环，不需要“假大空”的意义，只需要内心的富足与踏实。

让我们努力成为自由人！

探险往往是好奇心的结果，而好奇心往往是推动进步的源动力

昨天哥哥提议我们一起在小区里骑车“探险”，我们正好有了辆后面带了个小座椅的自行车，可以带上弟弟，于是骑行四人组首次“出征”！在小区里，由哥哥带路，他对一些没走过的小路特别感兴趣，很想知道它们通到哪里，是否会有些新奇的发现。被他带着一走，我也是连连惊喜，原来我们小区有那么多风格独特的小院儿，各家有各家的创意。

爸爸觉得热身完毕，可以带着组员正式向小区外开拓了！哥哥激动无比！钻桥洞、骑小路、爬陡坡……尽管也会遇到一些“此路不通”的“哦”感叹，但更会有“柳暗花明又一村”的“哇”欣喜。

哥哥在骑行中的探险精神还是让我有一点点小惊喜的，原以为他会比较谨小慎微；真希望他能把这股探险精神横向拓展一下（“贪得无厌”的老母亲）。

客观来说，正是好奇心和探索才不断推动了人类往前的发展。探险，既是人类对自然的探索，又是人类对自身的挑战。探险，并不只是户外探险，还有精神上的探险和文字上的探险。探险不同于冒险，

不是逞一时之快。它需要有强壮的体魄、坚强的毅力，遇事冷静沉着，尊重和了解大自然……总之，如果能培养起探险精神是好事儿。

留一些时间和空间给自己

每个人都需要有自己的时间和空间，放下社会角色、家庭角色，只剩下一个彻底舒展的自己，看似放空，任凭时间流逝，实则在无形的内观中，蓄积了更多的能量，能更好地继续承担家庭责任，扮演好社会角色。

自己的时空缺失久了，很容易引起“就地爆炸”。

有个周末，把弟弟送到了爷爷奶奶家，我们带着哥哥去练体能。我买了杯最爱的焦糖玛奇果，一个人盘腿窝在休息长椅上，放空了一会儿，那半个多小时的时间，让我感觉有种被暖暖的阳光包围的舒适和平静，久违的感觉。我跟爸爸说，此刻，我终于感受到了一丝周末的气息。那天的感觉一直美好地存放在我的身体里，不用想着to do list（工作清单），不用盯着孩子，只有舒展的自己。

其实，很多时候，我们是可以为自己创造这样的条件的，只要我们能片刻地放下。

要清楚你需要的和不需要的

又是一年“双十一”，今年造势格外早，而今年的我也格外冷静。经过前几年的“血战沙场”，我终于认识到，双十一大手笔购入的，基本上都沦落为日后不需要的累赘。本来拨拨小算盘，以为各种打折满减省了一笔钱，实则是更大的浪费，还平添了之后看到一堆东西时的烦躁。

但我这次还是买了些东西——收纳盒和收纳箱，因为它们是我现阶段需要的！上次我跟大家求助了家庭收纳妙招后，一个朋友给我推荐了可以上门服务的家庭收纳师（收费把我结结实实吓回去了）。于是认认真真跟另一位好朋友（民间收纳高手）好好学习了一下收纳，其中的关键点之一就是用好各种收纳盒！好的收纳盒也不便宜，所以我就想等等双十一。

购物是如此，生活也是如此，要清楚自己想要什么，不需要什么。在自己有选择权的时候，做出最恰当的选择。

粗心是一个很烦人的理由

昨天哥哥他们数学小练笔，又是两处类似于看错数字的“小”错误。总算是没有知识盲点了，但这种频繁的低级错误，他自己都觉得可惜，然后每次都说，要改正。然而，没有任何改变。

我昨天认真分析了一下他粗心的来源，首先应该是他做事专注力不够，才会经常出现看错、看漏、写错之类的问题；其次，是他的责任心不够，才会那么马虎草率；最后，就是掌握的牢固程度和熟练度也不够，轻车熟路的话，会很大程度降低这种错误的发生。

这些问题的解决，最主要的还是需要他自己的主观能动性。作为父母，我们能做的就是：平时尽量给他创造一个没有太多干扰、有利于提升他专注力的环境；让他在日常生活中多承担起一些力所能及的事情，培养起责任感，或许能改善他做事认真谨慎的态度。

和小朋友一起努力一下！

不要不假思索地去否定别人的想法

我挑了几幅小画定制成了布包，打算下周用来装伴手礼送给几个小伙伴。昨天拿到包包，效果和材质都让我很欣喜！于是在朋友圈嘚瑟了一下，给予正面评价的人不少，还有不少小伙伴建议我可以开售，就连我美国的同学也特意联系我，说我如果开店卖的话，她可以在美国帮我卖！

我一下子真的有点热血沸了腾，跟爸爸说："不少人觉得我的布包如果出售的话，也会很受欢迎呢！要不试试？"

他依旧不假思索地就说："这怎么可能卖得出去？谁买啊？"我当时那颗心一下子就感觉凉凉的，黯然神伤地走开了。

其实，不赞成一个人的想法，就这么简单粗暴不假思索地加以否定，是有点伤人的。就拿我这个例子，爸爸完全可以说，哦，如果要卖的话，我们要客观地分析一下可行性，比如，你这包现在成本偏高，而且市场上同质化的产品很多，你怎么来找到目标客户群体……这么一分析，我的那颗炽热的心也会慢慢在理性中回到正常温度，也会去进一步认真严肃地看待这件事情。

这也许是他偏保守的习惯，对于我天马行空的想法一般都是直接否定。其实，我每次还是挺难过的。

由此我也想到，对小朋友们的一些想法，我们也要三思而后“定论”，不能不假思索地说不！因为这难过的感觉我知道。

和你的情绪小怪兽做朋友

昨天下午，我好朋友震惊又惋惜地跟我说，她的一个同事，才三十多岁，突然以跳楼的方式与这个世界告别了。她在别人眼里是家庭幸福、事业美满、为人和气的一个人，就这么毫无征兆地选择了离开。我的第一反应和他们后来的推测一样，应该是抑郁症导致的。

也许有些人会说，世界上还有那么多美好，怎么就那么想不开呢？有些人甚至还觉得这是不负责任的表现，扔下老小，就这么离开……只能说，这些人对抑郁症了解得太少，他们不知道被抑郁症困扰的人的痛苦和挣扎，不是说想开就能想得开的，也不是成心想做一个不负责任的人，而是他们已经被折磨到只能选择离开。

抑郁通常是负面情绪没有一个很好的疏通渠道引发的，如果家人朋友能够给予理解，很好地陪伴和引导，是可以慢慢走出来的。最怕的就是这些最亲的人觉得他是在矫情或者无病呻吟，那就会让他关闭自己，独自战斗，最终被抑郁彻底吞没。

抑郁的来源很多，至少我觉得很大一部分人的抑郁是原生家庭“赐予”的。

所以，我不需要我的孩子成绩多优秀，但一定要确保他们是身心健康的，会和情绪小怪兽做朋友。

家人的理解和支持至关重要

昨天早晨，我身体有点犯懒，弟弟又早早地在我还没跳绳之前就起床了。我心里打了几次不跳绳的退堂鼓，但我也知道，如果早晨不跳，一整天会不得劲，因为已经是固化的习惯了。

“跳吧跳吧”，我心里跟自己说，但是跳得很断断续续，因为弟弟时不时有各种需求。跳了600多个的时候，我想放弃了，跟弟弟说：“好了好了，妈妈不跳了。”

这时候爸爸从楼上下来了，跟我说：“加油！继续！我来陪弟弟。”我拖着原本感觉很沉重的身体，居然完成了每日3000跳！

彼时的感觉是除了轻松愉悦之外，多了份欣喜和感动！

尽管我们会因为生活方式、教育理念等不同常常会有摩擦，但这几年，每当我面临“狂风骤雨”，或陷入困境时，他都能理解我的痛苦和挣扎，总是能给予我无条件的支持，让我有了勇气和信心。哈哈，有点煽情，但这对于我这个不够强大的个体，真的很重要！

轻装上阵

昨儿带弟弟去推拿，一个阿姨替我挪了一下包，说："哎哟，这包这么沉，姑娘，看你瘦瘦小小的，背着不累？"我昨天碰巧想趁着弟弟推拿的时候改一篇文章，纠结了一下带了电脑……其实，我以前经常听到这个问题。

我一个好朋友曾说，我本科时给她最大的印象就是一根小豆芽背着一个巨大无比的书包，感觉书包随时会把我往后拽倒。

其实，那是一种患得患失的心理，我每天早晨出门上课、自习，总想把一天可能要用的书全部带上，但其实可能就用到其中的三分之一。每次寒暑假回家，重重的行李箱里也是一大堆书，但真正翻的也没几页。成家了，我也还是一样，去哪里都会带台电脑、带本书，哪怕是出去旅个游，接个娃……想着没准可以敲几个字、看几页书，但真的敲字翻书却很少发生，却会让自己肩膀很累、心也累。

我从去年开始刻意去改这个习惯，首先做到的是，非工作时间段，电脑不再随身带，尤其是出去度假的时候，然后发现我的全情投入，会让我自己和我身边的人都会感觉轻松很多。我刻意把大包换成了小一点的包，出门可以不带电脑了，但还是会随手放一本比较轻松的书，自己感觉的确轻松了很多，焦虑感会减退很多。

生活中，保持轻装上阵的状态有助于保证我们轻松、积极的“战斗”状态。

今年没被要求过万圣节，好开心！

今年弟弟幼儿园没有要求过万圣节，而是举办了一次亲子运动会，我感觉很棒。哥哥在幼儿园的时候，每年都会隆重地来一次万圣节活动，每年都需要给他备好行头。说实话，我一直对这种节日不是很感冒，因为那些西方的节日，都烙印着他们浓郁的宗教文化色彩，我们没必要跟风过个空洞的洋节。如果说，只是想找个由头来热闹一下，那完全可以自个儿找个主题来嗨一下！更何况，我们中国本身就有不少传统节日，可以“做些文章”。

这一点，我觉得哥哥他们学校做得还是很好的。尽管他们是外国语学校，但他们从不因为这些洋节而搞活动，反而对中国传统节日很重视，会有一些主题研究活动。先不论他们学校教学质量到底如何，但至少他们的办学目标我是很赞同的，即“培养有中国灵魂、世界胸怀的现代人”。

中国魂、世界情！共勉！

跟中医学“平衡”

弟弟上周受了寒，周末开始感冒症状一一来袭，流鼻涕、咳嗽……要是换作今年六月份以前，我们可能早就给他用药、做雾化了，最后还是十有八九免不了会发个烧。这次，一有苗头我就带他天天去推拿，再加上清淡饮食，基本快好了。

话说，六月份那次咳嗽发烧，让我感觉特别心累，生病怎么那么频繁。那次做了一次雾化以后，我突然觉得这是一个恶性循环，需要打破，但一开始也没有明确的方案，有几个朋友推荐小儿推拿，那就试试吧！我给弟弟停止了雾化，开始尝试小儿中医推拿，连续推拿了一周，除了退烧药之外，没有用别的药，弟弟就这么扛过来了，之后感觉小家伙变壮实了！

那次以后我们也遵循中医的建议调整了弟弟的饮食，以前总觉得要增强他的体质，鱼虾牛肉天天交替着吃，这反倒是引起他经常积食，进而咳嗽发烧的根源之一，饮食失衡了。

我们对中医也越来越感兴趣！感觉中医更多的是一种生活哲学，我们现在在努力践行它强调的“四大平衡”：环境平衡、动静平衡、饮食平衡和心理平衡。尽管差得还有点远，但至少有这个意识去开始了。

努力远离内耗

昨晚，哥哥跟我说他们英语chapter（篇）2测验了，我问他怎样，他说老师还没改完，但他做完了，他完全没有被困在对考试结果的担忧中。我说：“认真对待就行了，去玩儿吧！”于是，他一蹦一跳去找小弟玩儿了。

哥哥的英语是较弱的一门，小学一年级入学时，他是班里唯一一个不认识26个字母的，他们班里有些小朋友给动画片配音跟原音似的，《牛津树》系列都读完了。但我坚信，低年级阶段，跟着老师按部就班地学，就一定没问题。我始终跟哥哥强调，你只需要看到自己的进步就行，所以，他很快从最初的受挫感中走出来了，跟上了老师的节奏，也逐渐有了信心。

我这么跟他说，完全是基于自己不堪回首的过去。以前，考完试、提交完论文，都会坐立难安，把写的东西发给大牛，许久不见回复，就会情绪低落，非常影响做事。其实，这就是典型的内耗。

我们的心理资源都是有限的，包括判断力、注意力、记忆力等。我们把这部分资源用于内部的战斗消耗，那势必用于对外解决问题、应对挑战的资源就不够了。陷入资源短缺，势必形成损耗。

尽量关注当下，认真做好自己，不要找自己麻烦，放过自己，才能将有限的心理资源效用最大化。共勉！

尽量别再用“妈妈觉得你冷”来坑娃了……

昨天阳光明媚，午后的气温在二十摄氏度左右，哥哥去馆里训练，他本来自己穿了一件短袖T恤和七分裤，我觉得这天有点冷，热心地给他拿了以前冬天训练时穿的长袖长裤让他换上了。爸爸说这肯定会热，竞技运动时不适宜太热，一定要是自己感到舒适的状态。我心想，运动不就是要汗流浃背吗，热一点无妨，受凉了才不好，所以就没采纳爸爸的意见。

结果，真把哥哥热坏了。训练快结束时的最后两个球，感觉他快站不住了，球与球的间隙中，他用拍子支撑着猛缓两口气才打完的。下来以后，我立马跟他道歉，让他穿多了。

“妈妈觉得你冷”其实是“投射”的心理现象，即每个人看到的别人是自己经验的投射。这在父母身上表现得尤其明显，因为父母总觉得自己一手把孩子拉扯大，很了解孩子，而且总觉得孩子不会管理好自己，结果，就强加了很多自己的经验、感受和想法。

减少投射，从我做起！

成就感兴许能够激发内驱力

前天晚上哥哥在车上把作业一气呵成做完以后，特有成就感，回家和小弟玩得爽歪歪。兴许是尝到了甜头，昨天晚上，居然一鼓作气把周末的作业都做完了！恨不得要向全世界宣布他的“壮举”！

在昨天以前，哥哥一向认为周五是没有作业的，周末作业是周六和周日的事儿。而且昨天以前，都是我和爸爸时不时在周六日提醒他该写点作业了，然后他才不情不愿地去写一会儿，没一会儿就很自觉地歇一会儿，一般到周日晚上再赶一赶，彼时，他会很焦躁。

所以，昨晚我和爸爸惊喜地对视了一下，给他好好地鼓了个掌，哥哥还主动要我发一条微信朋友圈，让大家都知道这个“激动人心”的消息。

一点点的成就感就能激发小朋友们积极主动的行为，看来我们需要多给他们创造一些能获得成就感的环境。

其实，我们自己也何尝不是？一起加油！

爱因斯坦认为每个人都身怀天赋

心理学也认为，每个人都蕴藏着“天才人格”，希望你早日发现你的天才人格！

最近哥哥又因为纠正网球动作，跟爸爸“鸡飞狗跳”，挫败感很强。每每此时，我都会给他传递一个信息，你打球是有天赋的，但需要你用心用脑去打，否则这天赋就被浪费了。当然，这一大半儿是为了给他信心和鼓励，但是，还有一小半儿我真的是隐隐这么觉得（很多人包括爸爸听了又要“呵呵”了）。

心理学里认为我们每个人都有天才人格，但分为显性和隐性。显性的天才人格比较容易发现，比如你一上来就在某些方面比别人做得好；而隐性的则是隐藏在潜意识中，这部分的人格优势可以开启你闪亮的人生。

寻找自己的天赋，找到它，然后努力（这是必要条件），就会有所成就。希望每个人都能找到自己的潜能大宝藏！

找不到也没关系，因为我们这些认真、踏实的平凡人也是社会不可或缺的根基。

替孩子做太多无益于他们的成长

弟弟最近在幼儿园可能学着自己怎么脱套头衫了。昨晚洗澡脱衣服，他一定要自己脱那件长袖T恤衫，方法是先把一只胳膊从袖子里脱出来，他扯了半天都扯不出来，我要去帮他，他很坚决地不让！扯了半天，右胳膊出来了，但是从领口直接出去了，一下子又不上不下了。

我边说我来帮你，边帮他把衣服脱下来了，他一下子着急了，要把衣服穿上自己重新脱。我给他穿上，他在扯袖子的时候又卡住了，我想给他拉一拉袖子，助力一把，他大喊："妈妈不碰！"

弟弟不让我帮忙，他执意要自己来，然后又卡住了。我又给他重新穿好，他继续自己脱，那么五六次以后，他挂着泪珠，总算是自己把衣服脱下来了，然后，屁颠屁颠去冲澡去了。

我想到了爸爸经常跟我控诉哥哥的问题：缺乏能动性、不愿意主动思考、做事情磨叽。我就把弟弟自己脱衣服的事情跟他说了，我觉得，可能因为哥哥小时候，我们替他做的事情太多了，导致他现在做事缺乏主动性，而且自信心也不足。爸爸觉得有一定的道理。现在尽量去调整弥补，让他自己承担起更多的责任。

放手让孩子们去尝试、去试错、去体验，给予他们鼓励而不是包办。

自省且自勉！

劳逸需结合

昨天因为下雨，所以打完球回家花在路上的时间比平时多了二十多分钟，到家快晚上七点四十了，作业还只字未动。

但哥哥一回家，就坐到客厅地上开始摆弄他的神奇宝贝们。

说实话，我心里有点着急，作业我扫了一眼，语数外都有笔头作业，真担心做完快十点的节奏。但哥哥训练完的紧张与疲惫我也能体会，所以不忍心直接催着他写作业。我于是拿了些吃的给他，装作漫不经心地说："今天作业好像不算少。"

哥哥说："嗯，我知道，我就再玩十分钟！"

他的回答让我无法拒绝，人的确需要放松，就像我们有时候也想像葛优躺在那里放空刷手机一样。

八点的时候，哥哥开始写作业了，我也毫不掩饰地告诉他，我心里其实挺着急的，怕他作业做到很晚。他说他知道，但就是想玩一会儿，如果我嫌晚的话，我可以带弟弟先上楼。我和弟弟坚持一起陪他写作业，毕竟我们每天都是"共进退"的！

劳逸结合还是很必要的，对大人孩子皆如此，但如何平衡好需要不断摸索。

共勉！

callection Bag

分享自己的劳动所得尤其开心

昨晚哥哥打开铅笔盒，里面有两小包日式小饼干，他说这是蒋老师奖励给他的！数学集齐15个小贴画，就能抽一次刮刮卡，他今天刮到的就是两包小饼干，还把那张可爱的小卡片给我看了。

他又立马喊弟弟：“小弟，要不要吃饼干？”

弟弟屁颠屁颠跑过来，开心地接过一片饼干，三下五除二就吞了，然后喊着还要吃！哥哥瞪大眼睛说：“啊？你怎么吃这么快？！这可是我用15个贴画辛辛苦苦换来的！你能不能慢慢地吃？！”他边说边把那本贴了15个贴画的本子给弟弟看。

弟弟才管不了那么多，就想再要一片饼干，哥哥尽管有点舍不得，但还是把第二包小饼干也拆了给弟弟。

他悄悄跟我说，这是他自己挣来的，分给弟弟吃的时候其实觉得特别开心，就是太少了。

我没说什么，只是告诉他我也好开心！本来因为爸爸又出差带来的一丝无助和失落感（可能是突然进入深秋引起的）基本消失。

循序渐进

昨天陪哥哥去练体能，弟弟看着那边的器材每一件都跃跃欲试！看到放在地上的杠铃，他要去搬，他说他力气大！跟他说，那些太重了，万一砸到很危险，他很不服气也很生气。

我说："随便你喽，你去试呗。"

我看他嘟着个嘴，走一步看我一眼，我装作不看他了，他慢慢挪动到杠铃边，提了提，又提了提，杠铃纹丝不动。于是，他悄悄地挪回到我身边。

我拿了个小实心球给他，说："你现在还是个小小个儿，这个适合你，你能抱动它已经很厉害了！等你像爸爸那么高的时候，就可以去举那个杠铃了！神奇宝贝变厉害也需要一级一级进化的，对不？"

"嗯！哄雷金刚猩（神奇宝贝里敲音猴的最终进化型）！"他边说边把小实心球抱在胸前，显得非常英勇的样子！

我们都难免会有"一下子就变得很厉害"的内心，但循序渐进是条基本规律。戒骄戒躁，才能稳步前进。

共勉！

跌倒了，爬起来，再试试，就会成功！

哥哥玩滑板的时候，我总会下意识地去唠叨，小心啊，别摔了！估计他听烦了，昨儿跟我说："滑板摔几下很正常的，怕摔跤的话，学不会。"

我的脸上顿时感觉热热的。因为，滑板最初是我买给自己的，自从第一脚上去摔了个大屁股蹲儿以后，我就再也没碰过，所以一直没滑起来。

又是一个知易行难的道理。

"滑板上的酷青春，摔倒了？起来，再试试！"

积极解决问题也许会带来意想不到的收获

前天下午哥哥去训练，快到球场时，发现没带网球鞋。这时候再回去拿，时间就很不经济了，路上来回至少一个半小时。此时，爸爸已经表现出他那副习惯性的臭脸了，哥哥很害怕他生气，说实话，我也很害怕他生气。每次这种情况，我既要负责想解决方案，又要负责调节气氛。

我先打电话给哥哥的队友，他们就住附近，借用一下他富余的鞋，好队友说会带一双新鞋过去！我让哥哥先去球场，试一下鞋子能穿否，同时让他的情绪放轻松，我们去附近转一圈，看看有没有卖网球鞋的。

彼时，爸爸已经表现得很烦躁了，因为附近没有找到卖网球鞋的。我说我可以去球场看看鞋子大小如何，不合适的话，可以问问教练，他肯定熟悉附近的网球用品店。

球场上，哥哥需要穿37码的大脚，却挤在队友35.5码的新鞋里，一声不吭，依旧在蹦跶着训练，一个能忍的“闷葫芦”。

我问了教练，教练立马给一家距离不远的网球用品店打了电话，确认有37码的球鞋，我们火速把新鞋“派送”到球场。

哥哥的脚丫子一下子舒坦了，而且还意外地发现阿斯克斯的网球鞋特别舒服！以前爸爸总觉得这个品牌的强项是跑步鞋，就从未尝试过它的网球鞋。

这件事情，没有影响到哥哥的情绪，反倒让他觉得整个过程很有意思，意外收获了一款更舒服的网球鞋，还把这件事写进了日记。

如果不是积极去想办法，而是把他数落一通的话，我估计那天下午会给他留下一个灰暗的记忆。

我相信有了这个记忆深刻的经历，哥哥以后训练肯定会格外留心是否带鞋子了。

遇到问题，不要烦躁，积极应对，会有意想不到的收获！

附：我的队友在面对日常小问题容易烦躁，但如果遇到大问题的时候，比我更沉着、冷静。

大人要向孩子学习，沉浸于一些好玩儿的小事中

假期中，可能最让老父母们佩服的是孩子们超强的体能和高昂的情绪！哪怕是简单的你追我赶，就能带着一串儿笑声，玩上大半天，汗珠滚滚。他们能够完全沉浸在一些大人们看来很无聊的小事中，不亦乐乎。简单，却很快乐！

说实话，我还挺羡慕孩子们的！成人的世界里，似乎被太多的琐事和杂念充斥了，原本能体会到“十分”快乐的时刻，可能因为自己放飞的思绪或者各种顾虑，只体会到了“两三分”的快乐，自己把快乐赶跑了。

向孩子学习，心无旁骛地沉浸在一些有趣的小事中，享受当下。

共勉！

偶尔放松一下自己，对大家都好

昨天下午，哥哥超级想去泡温泉，而我对温泉一点兴趣都没有，还得换衣服冲澡，想想都麻烦，但又不想让小朋友扫兴，内心很纠结。

爸爸主动请缨，独自带哥俩去！我有点不放心，担心爸爸对他们的卫生、安全照顾不到位。不过，转念一想，我比他瘦弱多了，都可以带他们俩，他应该更没问题，而且还有哥哥这个小帮手！

于是，我就一个人待在酒店房间里，泡了杯速溶咖啡，惬意地看了会儿书，真的是久违的放松，原本思绪上和身体上的一些疲惫似乎都不见了。

一个多小时后，一串儿说笑声告诉我，他们回来了！哥哥弟弟眉飞色舞，说开心极了！

我幸亏没去，否则以我当时的状态，蔫蔫的，还会忍不住提醒他们注意这注意那，我待不了多久，就会想回房间，他们肯定不会这么尽兴的！

晚饭哥哥吃撑了，我的能量也恢复了，于是一家人陪哥哥在酒店的园子里散了会儿步，蛮开心的。

有时候适当放手，不要勉强自己的内心，放松自己，对大家都好！

金窝银窝不如自家的草窝

每次外出回家，总会感慨，还是家里自在舒服！也许这也是旅行的意义之一吧。

在经历了新奇、多彩以后，才更能感受到日常的平静与惬意。

留给彼此一些空间能够增进交流与感情

昨天一个好朋友跟我说，她正值青春期的女儿跟她说，妈妈并不了解她。这让她很失落，因为她是全身心地呵护陪伴女儿长大的。

我跟她说，我现在就已经不了解我们家哥哥了，所以挑选东西，参加什么活动，我们都交给他自己决定，否则容易出错。可能也正因为如此，他也愿意跟我们交流他的看法和喜好。合理的我们都会接受和支持，不合理的会和他商量、讨论。

每个人都是独立的个体，包括我们的孩子、爱人。越是亲近的人，彼此之间的必要空间越容易被所谓的爱挤占，让对方喘不过气来，于是对方就会采取各种方式去躲避，时间久了可能会成为最亲近的陌生人。与人相处，留给彼此适当的空间很重要。

共勉！

不要轻易地给人生设限

哥俩周五在同一个时间放学，为了错开接他们的时间，我给弟弟在幼儿园报了个周五的延时班，没得选，只有舞蹈课。

昨天是第一次上课。去接弟弟的路上，我跟哥哥说，我担心弟弟不喜欢舞蹈课，而且可能就他一个男生。

结果，弟弟一出来，就兴奋地告诉我们，他今天上舞蹈课了，很喜欢！每隔个三五分钟，就叨叨一遍，最后，哥哥恳求他别再说了。

晚上，爸爸出差回来，他继续跟爸爸说，他很喜欢舞蹈课，并且表示，以后不打球，要跳舞，这让我们有些始料未及。

小朋友们是最不应该被设限的，让他们去发散地寻找自己喜欢的事物，这喜欢的事物也许就能成为他们所谓的天赋。

成人的世界也不要给人生设限，但成人会因为多了很多外部因素的捆绑，少了跨栏的自由和勇气。但只要有可能，还是要努力去遵循内心，实现人生的可能性，不要让人生留有遗憾。

共勉！

你唯一的对手，就是昨天的自己

中秋放假前一天，爸爸压制着内心的激动跟我说，哥哥参加班长竞选了！尽管没选上，但是，他能毛遂自荐，跨出那一步，足以让我们欣喜万分！

他们班一共21个人，二年级时，全班据说就三四个人没有“一官半职”，他就是其中之一。他只负责一两天的班级卫生，他觉得挺好。可能是他过于内敛的性格使然，也可能他觉得自己的能力还不够，我们也没有多去过问，只要他觉得自在就好。

进入三年级，老师首次采用了毛遂自荐的方式，他愿意走到讲台上去推荐自己，在我们看来就是一个飞跃！也许他觉得自己现在能担当起更多的责任了吧！我跟爸爸没有过多地去采访他，只是十分肯定了他的自我超越，发自内心的开心。

让我们一起超越昨天的自己！

共勉！

天生的能力就如同自然生长的植物一样，需要靠学习来修剪

哥哥是《最强大脑》的粉丝，昨天开车经过一家新东方的店面，他很激动地说："新东方！杨易（前年的脑王，哥哥的偶像之一）在新东方教数学的！"

于是他又开始羡慕他们超强的记忆力和敏锐的观察力。

爸爸说："其实真正的天才不多，他们这些人的能力大多是后天练出来的。即使像爱因斯坦那样的天才，他也是需要不断地学习才能达到他后来的高度。"

哥哥轻声"哦"了一下，不知道明白了几分。

不管有没有天赋，能力的提高都在于后天的努力与修炼。

共勉！

该享受时，尽情享受；该忍受时，竭力忍受

昨天是开学以后哥哥第一次不用训练的晚上。回到家，就开始写作业（以前从未有过的），说为了能和弟弟玩一会儿！

八点半不到就写完了，俩人痛快地开玩儿，到了九点，我都有点不忍心喊他们上楼洗澡睡觉了。

洗完澡，哥哥跟我说，他觉得把作业做完了跟弟弟玩，特别轻松和痛快！我表示非常理解，我说我们大人也是，把手上的工作任务处理好以后，玩儿起来也会特别畅快的！

专心做事，尽情享受！

共勉！

做自己，因为别人都已经有人做了

昨天看到哥哥老师发的几张班级集体摆拍照，别人都笑得阳光灿烂，只有哥哥一脸严肃，甚至略带皱眉。

我问他：你咋不笑一个呢？”

“这是我的风格啊！”他很干脆地给了我一个回答。

“不错！有自己的风格！”爸爸给予了很高的肯定。

在不影响别人的前提下，能够保持做自己，有自己的风格，的确是件好事儿。对个人来说，能够激发出活力与创造力；对社会整体来说，能增加丰富度与完整性。

做自己！共勉！

目标不一定永远都会到达，但可以当我们瞄准的方向

哥哥他们刚开始使用钢笔，老师不允许用修正带，写错的字画掉重写。自从有了两次作业没有涂改而被表扬的经历后，哥哥一下子对自己有了要求——语文作业不能有涂改！

之前的作业都是抄字组词，昨天是一篇小作文，一下子提高了“不能涂改”的难度。思路在展开，生字不断出现，哥哥突然一声凄惨地大叫：“写错了一个字！”他不想有涂改，执意要从头再来，大概反复三次以后，哥哥开始烦躁了，嘟着嘴，眼泪汪汪。

我说：“你对自己有这样的要求，我非常非常非常地欣赏与佩服！但是作文比较特殊，有一两处涂改也没问题的，你心里只要有认真、尽力达到完美的目标就行！”

哥哥跺了几下脚，抹了抹眼泪，还是执着地重写了一遍，诞生了一篇没有一处涂改的小作文，内容也不错，就是花的时间有点多，上床睡觉的时候都十点半了。

有时候，目标的作用就是给我们指引前进的方向，无须过于执念于目标最终的实现。因为在这个过程中，我们往往还需要权衡一些其

他因素，例如，时间、精力、生活、家庭等。如果是不顾一切地去追逐，当所谓的目标实现时，也许身后已经是一片狼藉。

自省！

知足是天赋的财富，奢侈是人为的贫穷

最近学校开始陆续交学费了，昨天无意看到小区妈妈群里有人提到弟弟幼儿园的学费，我就随口跟哥哥说：“弟弟的学费居然比你们的还贵一些。”

于是，哥哥很紧张，就问：“我们家是不是很穷？是不是要破产了？”

我借机给他讲了讲金钱观：“穷和富都是相对的，你对你平时吃的、用的、穿的满意吗？”

他说：“嗯，挺好的！”

我说：“那我们就是富足的！”

我接着说：“但如果我们整天想着去豪华餐厅吃饭，住迷宫一样的豪宅，甚至买一架私人飞机开开，那我们就会觉得自己好穷。”

哥哥说：“那些我觉得都不需要，现在就很好啦！”他于是开心地跑开了。

没有绝对的穷与富，内心的满足即为最大的财富。但是，人偶尔还是免不了会有些比较和对物质的欲望，这些往往会给自己形成压力，处理不好，会对身心造成影响。

知足常乐！共勉！

我们所做的选择最终都会成为我们的责任

昨天，我们做了个决定，把笼养的两只鸟放了。

哥哥上学期末的时候，一心想在家里养猫或者养鸟，从工作量的角度考虑，最终选择了养鸟。我当时的愿望是美好的，觉得可以通过让他每天给鸟喂食，清理鸟笼，来培养他的责任心。但现实总是骨感的，他基本就是在小鸟刚到家那几天，跟它们打过招呼，后来的喂食喂水、清理鸟笼的任务都落在了爸爸的身上。我是无暇顾及那两只鸟了，两个人类的幼崽已经足以让我满负荷运转。

最近爸爸又基本恢复“只有周末在家”模式，我担心小鸟疏于照顾，而遭遇不测，所以跟哥哥商量：“咱就不养这两只鸟了，你选择了它们，却无法担负起照料它们的责任。”

他有点惭愧，点头同意了。

生活中，我们会做很多选择，大到婚姻、生子、工作，小到选课、社团、养宠物。一旦做了选择，我们就要担负起相应的责任，不能做甩手掌柜，否则终将一事无成，成为美好生活的“绝缘体”。

共勉！

焦虑不能清空明天的问题，只会耗尽今天的力气

昨天，南京小朋友们9月13日可以回归校园的消息刷爆微信朋友圈！哥哥一听，开始焦虑了，说他的阅读手册一个字还没写。上一秒还沉浸在要出发和同学们度假的喜悦中，下一秒就开始着急得皱眉跺脚，眼泪打转了。

我说："你暑假其实看了不少东西的，比如，英语，我每天带你读两本绘本，你算算有多少？语文，爸爸带你背了好几首宋词，你还看了学校推荐书单里的两本书。你现在缺的，就是挑几篇，把它们写到阅读手册上。你再怎么跺脚着急，也不会有字蹦到你的阅读手册上，反而你把你今天的好心情都给弄丢了。"哥哥破涕为笑了。

我其实也是易焦虑体质，但我从不会因为娃焦虑，只会为我自己焦虑。诱因是没有完成自己制定的短、中、远期计划，同时把时间耗费在了不喜欢的事情上。我一旦焦虑，整个人都不好了，效率甚至会下滑至零，由此就陷入了一个恶性循环。

最近两三个月，我的状态在逐步改善，试着不去被不值得的人和事消耗自己的气力和情绪，尽量提高效率。

远离焦虑，珍惜当下。共勉！

没有渴望、愿望、欲望的地方，就不会有勤奋

这个周末，也就是今天，哥哥班里组织了一次迷你度假，就在南京附近的一处网红民宿。小朋友们两个多月没见面了，而且这次还是纯玩儿！他们的期待就可想而知了！

昨天陆陆续续收到前方发来的消息，同学A、B、C、D、E……为了周末能玩个痛快，已经把周末作业都做完了！老父母们见证了一个个平时不可能的奇迹。

下午我给哥哥传递了他们班同学神速完成作业的消息，他有点凌乱了，表示他也要做完作业，否则玩儿的时候，他就被落下了。

晚上九点半的时候，还差英语作业，他还想继续奋战！经我们再三“规劝”，他才同意先上楼洗澡，还很“依依不舍”得把作业抱到楼上房间。

洗完澡，弟弟跟他神奇宝贝对战一展开，他彻底忘了英语作业

很多时候，适当的欲望会形成我们最直接的内驱力，所以，学着与欲望和谐相处，利用好欲望。

优秀不是一种技能，而是一种态度

昨天是哥哥开学网课的第一天，语文作业依旧是抄字组词，但开始使用钢笔了，而且不允许用修正带，写错了只能画掉在旁边重写。

晚上，老师把三个写得好的小朋友的作业发到了群里，第一眼看过去就是清晰整洁，再细看，每个字结构合理、略带笔锋。

我给哥哥看了，他嘟着嘴，说："他们的字本来就写得很好啊！"

我说："这还是回到了态度的问题，字具体写得好不好，我们不说，但是你看他们都没有涂改，很整洁，说明当时他们写得很认真。而且你认真写的时候，不是也能写出些好看的字吗？"

他不吭声了，估计他脑海里浮现出自己写作业时的状态了，因为是赶到最后一刻写的作业，匆忙潦草。他也很清楚，我是从来不会因为他考试成绩差去批评他的，每次批评他总是因为他不认真的态度。

我估计，我说的话，他都能背下来了，就等着他真正内化为行动的那一天！

态度决定一切，没有人生来就是优秀的。共勉！

只有忘记过去，才能继续前进

哥哥是从幼儿园大班下学期才开始学网球的，没学多久，在俱乐部组织的内部比赛中，以全胜的战绩拿了幼儿园组和小学低年龄组两个冠军，获得两个奖杯，那次的确让我们感到有点意外和十分欣喜。

也是从那次开始，爸爸才正式同意他打网球，最初都是我顶着个大肚子，偷偷带他去学的。

昨天，他又把那两个奖杯从他二楼房间拿下来，要放在一楼展示柜里。我愣了0.5秒，但也没说不行，只告诉他，这些只代表你久远的过去的成绩，你现在需要往前看，才能够进步。

他只是“嗯”了一下，噔噔噔地跑上楼，把奖杯放回房间，又噔噔噔地跑下来，径直和弟弟玩起了神奇宝贝对战的游戏，不知道刚才一番话有没有在他心里激起一点涟漪。

过去的成绩与光环只能代表过去，是对自己那段时间努力付出的认可，如果一直惦记着过去的光环，那它就会变成束缚你的紧箍咒，会让你故步自封，甚至倒退。

共勉！

换个角度，感受会有大不同

这两个周末我们在慢慢收拾一楼的东西，昨天在客厅还腾出了一个“读书角”的空间！大伙儿都颇为开心！

我们家杂物超级多，还有两个经常“大闹天宫”、闹玩就跑的小家伙，再加上我也没那么勤快，家里就越来越乱，越乱越不想收拾，家里乱糟糟的程度就可见一斑了。爸爸的忍乱程度比我低，乱糟糟的景象会让他很烦躁，有时候他会出手解决，他收拾完的东西，以后大概率是再也找不到了。

最近，想让哥哥学会收拾整理自己的物品，我们提议每个周末一起收拾整个家，从一楼的客厅开始！

没想到，原本有点烦人的事情，一下子成了愉快的家庭活动。大伙儿一起商量哪些东西扔，哪些东西留，哪些东西摆哪儿，小朋友们觉得自己很有话语权，因此也很有成就感。而且还能时不时翻出一些

美好的回忆！

原来收拾房间的过程也可以很快乐的，因为没有把它看作是一项烦琐的家务，而是一项家庭集体活动！换个视角，就有大不同！

其实，工作学习中都难免会遇到负面的压力，试着调整自己看待问题的视角，也许也会有豁然开朗的感觉！

共勉！

你能够给予一个人最好的礼物是你对他毫不分心的关注

昨天上午我正在写东西，哥哥跑过来跟我分享故事里有意思的情节。

我嘴里说着：“嗯，真有意思！”其实，我的视线根本没有离开电脑屏幕。哥哥很不高兴地说：“你根本没在听！”

我立马跟他道歉，说我在写东西，思路不想被打断。但他还是嘟着嘴走开了。

后来我带哥哥读英语绘本，弟弟拿着一串长长的巴克球兴奋地跑过来，说：“妈妈看，妈妈看！”我正在跟哥哥说词，我很敷衍地说：“哇，真棒！”

弟弟明显感觉到了我的敷衍，一声比一声大地喊：“妈妈看！妈妈看！”还带着一副哭腔。

后来想想，我有时候跟爸爸说话的时候，他完全在走神想工作的状态，我的内心也是很受伤的。

尽可能地给在意的人毫不分心的关注，无法专心时，提前说明情况，也许会好很多。

失败是成功之母

“失败是成功之母”，这句话是昨天中午哥哥对我说的。

昨天中午我给哥俩做了个中规中矩的蔬菜菌菇蛋炒饭，他们吃得很香。我随口跟哥哥说：“我现在还是做传统饭菜，不再尝试黑暗料理了！”（前天我给他俩做了个鸡蛋蔬菜炒面，里面加了几大勺花生酱，主要我看花生酱消耗不掉……结果，弟弟直接吐掉了，哥哥又加了些酱油，很仗义地吃了好几口。）

哥哥立马跟我说：“不行，不放弃尝试，才可能有突破和成功啊，失败是成功之母！”

我愣了0.5秒，立马给了他一个大拇指，说：“说得真好！我要写到我明天的小画儿里去！”

小朋友们真的在长大呀！

不要惧怕失败！共勉！

问题不能改变现实，但能够推动改变

昨天哥哥听《凯叔讲故事》，里面有个小朋友说，如果把人类变小了，需要的资源就少了，这样就能解决现在资源短缺的问题了。

哥哥问我：“地球的资源真的会不够吗？人类变小了，多可怕，能战胜那些动物吗？这个方法不好，我们难道不能再创造些新的资源吗？或者从别的星球上转移一些过来？……”

他一下子提了好多有意思的问题，有些听着幼稚，有些很天马行空，但我听得津津有味。

提出奇幻的问题，在追寻它们答案的过程中，是很可能有一些新的突破的！

我希望他们的思维尽可能地不要受到太多条条框框的束缚，尽可能地去发散、去突破！

信任就像橡皮擦，它会在每一次错误后越变越小.

哥哥是个打游戏高手，因为热爱，所以精通。

他一般打游戏都会给自己定个时，时间到了，就不打了。

昨天闹钟响了，我看他也没有停下来的意思，掐了闹钟继续，过了十分钟左右，我忍不住提醒他了，并跟他说了关于信任的道理，允许他打游戏完全是建立在信任他有自控能力的基础上的，没有了信任势必也就没有游戏了。

成人的世界也一样，用错误肆无忌惮地挥霍信任，势必在人与人之间筑起了高墙。

今天的好计划胜过明天的完美计划

哥哥是个神奇宝贝迷，他跟我说他想写一本书，名字叫《阿皮上学记》（阿皮就是皮卡丘）。

我表示强烈支持！他说他要好好构思，然后再动手写。

我建议他想做了就动手，哪怕把大致的章节列出来，形成一个目录，否则就一直停留在想的阶段，想着想着，就没踪影了。

于是，诞生了十九个章节的标题和一个可爱的封面！

希望他能继续，完成他的《阿皮上学记》。

有了好的计划和想法就去做，可以在这个过程中不断去完善，如果一直停留在想的阶段，想在脑海里把它完善，那最终只会是泡影。

没有辛勤劳动，收获的只可能是杂草

哥哥在小菜园里种了黄瓜籽，刚开始几天惦记着浇水，看看它们，没几天长出了小芽，很是兴奋！

后面接着几天，天天有雨，于是说就不用浇水了，也就慢慢懈怠了。

昨天往菜园里一瞅，长了好多杂草，小苗都快看不见了。哥哥一脸惊愕，小菜园怎么没几天就被杂草侵占了呢？！

我笑哈哈地跟他说："种菜可不是播种、浇水那么简单，还要除草、施肥甚至捉虫的！这跟干其他事情一样，需要有持续的时间和精力的付出。"我絮絮叨叨跟他说了一些，其实，就种菜而言，我自己也不太会。

总之，道理都懂，知易行难。共勉！

只要开始去做，永远都不会嫌晚

这几天，哥哥下午会给自己安排一段写作业时间，看着好像内容还挺丰富。

昨天下午他忽然抬起头，颇有感慨地对我说：“如果我从暑假一开始就这样该多好啊！”

老母亲心中颇感欣慰，我平时给予他极大的自由度，让他自己安排自己的时间，我忙我的，他做他的，以此维护“母慈子孝”的状态。

听哥哥如此感慨，我趁机给他喝了碗“鸡汤”，说：“任何事情，只要开始去做了，就永远不会嫌晚。”

这也是我一直信奉的理念，不要给自己的人生设限，不要给自己留有遗憾，做自己想要做的事，成为自己想要成为的人，只要为之行动了，永远都不会嫌迟！共勉！

会有相应的回报的。

哥哥前天玩Scratch 编程，程序所要求的思维逻辑开始变得复杂，哥哥发现，不能像以前那样，写几个简单的指令，屏幕上就能有热热闹闹的场面了。

他嘟着嘴说不喜欢了，不玩了！我给他找了些资料让他看，慢慢去理解其中的逻辑。昨天，他才不情不愿地拿起来再次摆弄，着急的时候还是会敲桌子跺脚……嘿，最后搞出来了！他兴奋地演示给我看。

爸爸晚上一回来，还没来得及放下东西哥哥就拉着爸爸看，和弟弟两个人撅着屁股在地上又开心地玩了很久。

每个人都有惰性，都会有畏难情绪，每天让自己难受一点点，会有收获。共勉！

永远面朝阳光，阴影就会被甩在身后

弟弟发现了自己的影子，非常兴奋地跟它玩儿！

他喜欢影子在他身后“追着”他，他不停往前跑，时不时还得意地看看被“甩”在身后的影子，非常欢乐。

我们面朝着阳光，就不会被阴影笼罩。

“误解本是人生的常态，理解才是稀缺的例外。”——刑法网红教授，罗翔

所以，无须多言，一切交给时间和事实。

尤其在面对刚愎自用的人时，不用太过在意对方对你所下的判断，做好自己就好，一切交给时间和事实。共勉！

岁月丰富了你的人生之书，而皱纹正是书页，不要惧怕衰老

昨晚吃饭的时候，先生说我这两年真的变老了，看来是操心的事多了。我表示，我一点都不害怕变老，反而很喜欢。我打趣儿地跟他说：“我觉得岁月丰富我的内涵，提升我的气质！”

总之，我不想跟岁月做抗衡，坦然接受这个衰老的过程。

丰富好内心就无惧岁月。共勉！

喜欢的就是最好的

昨天看到朋友圈又有厉害妈妈做了“一扫光”的包子，于是我借机对包子做了高调表白，包子是我的挚爱！它可爱的、白白胖胖的模样，在我眼里能秒杀任何打扮精致的高端甜点。

上大学那会儿，特迷西方的生活方式，吃个煎鸡蛋恨不得也要整个刀叉，每周末跑去海淀黄庄家乐福门口的星巴克，点一块蛋糕来一杯咖啡。现在回忆一下，要不是就着黑咖啡的苦还真吞不下那口甜腻。

后来去美国上学以后，才深刻认识到，自己还是长了个中国胃，对各类中式面食，尤其是对包子的热爱也大致始于那时，它朴实可爱的长相、松软温和的口感特别能安抚身心，对我来说，它就是最好的，山珍海味都不换！

所以，不必追求太多所谓的潮流，自己喜欢的就是最好的。

没有人是有义务要帮你的，你绝大多数时候只能依靠自己

昨天临近傍晚时分我打算开车去小区门口拿在盒马上买的菜准备晚餐，哥哥自告奋勇说他可以跑腿，正好他的跑步量还没到。我想了想似乎菜不多，就同意了。

过了近半小时，哥哥才抱着一堆东西回来了，一头汗水，衣服也湿透了。

他一脸委屈地说："塑料袋破了，东西掉了一地，我只能抱着回来，特别不好拿，一路上好几个人经过，都没人帮帮我。"

最后那句话让我心里小触动了一下，我摸摸他的头说："这个世界上，没有人有义务一定要帮你的，父母抚养你的义务也就到你成年为止，所以人绝大多数时间是要靠自己的。如果有人帮助了你，你一定知道感恩。"

尤其在成年人的世界里，绝大多数时候只能靠自己，因为没有人有帮助你的义务。

尽量做一个情绪稳定的妈妈

昨天上午带着哥俩去做第五次核酸检测，到家十一点多，没顾得上敦促弟弟先上个厕所，就开始准备午餐。

没一会儿，哥哥喊："妈妈，弟弟尿尿了！"

我立马放下手中的东西去给他换裤子、换袜子、擦地板，嘴里依旧跟他叨叨："宝宝，上厕所要提前说。"

过了十多分钟，哥哥又喊："妈妈，弟弟拉便便了！"

我关了火，跑去一看，弟弟山式站立在一堆玩具中……

我当时有点烦躁了，边给他换、洗、擦，边开始提高分贝训斥他！弟弟略带诧异地一直默默地看着我，因为之前我都没跟他高分贝说过话。

我反思了一下，其实很多时候对孩子发脾气更多的是源于自己内心的烦躁，例如，工作上遇到难题，自己没完成计划，等等。孩子们如果在这个时候犯些小错误，就大概率会被训斥，如果换作平时，也许就风平浪静地过去了。

但孩子们只能看到一个情绪不稳定的妈妈，为什么我同样的行为今天突然被训斥了？这种不可预期的恐慌也许会带给他们不安全感。

我事后跟弟弟道歉了，说妈妈刚才着急了，也不知道他听懂没，反正他一直很开心地在玩玩具。

尽量不将自己的情绪带给孩子，做一个情绪稳定的妈妈！

一旦做了选择，克服万难坚持下去，终将会有回报

张雨霏获得了两金两银，堪称奥运“劳模”。但小时候她最喜欢的并不是游泳而是音乐，她也直言不讳地跟她妈妈说，游泳并不是她喜欢的，是妈妈逼她做出的选择（她父母都是游泳教练）。

但她做出了选择，坚定了自己的目标——把名字刻在世界纪录上，义无反顾地承受了超多的艰苦与辛酸……最终，她成功了！

自省且共勉！

不要给自己的人生设限，一切皆有可能！

昨天苏炳添在小组赛中跑出9秒83的成绩，突破了黄种人的极限，创造了历史！非常振奋人心！

他让我们再次看到了一个不设限的人生！

绝对的自由会导致自由的终结

昨日，扬州激增10例新冠确诊病例，源头是一位揣着黄码从南京高风险区跑去的老太太。她为了躲避隔离，跑到扬州姐姐家继续“自由”活动，逛市场、泡棋牌室（150桌的人不戴口罩在一个空间里长时间打牌，细思极恐）。

现在老太太已经确诊，被“困”在医院里了，整个扬州有多少人也因为她暂时失去了自由啊！

所以，自由都是有限的自由，绝对的自由必将会带来混乱，最终导致自由的终结。

孩子是很善于模仿他们常接触的言行的

每天洗完澡，哥哥和弟弟会在卧室的榻榻米上进行“对战”。

我为了避免“无辜中弹”，每次都铺个瑜伽垫在地上趴着看会儿书。

昨晚我下楼到房间，看到弟弟也铺了个瑜伽垫，翻开一本书，学着我的样子装模作样看书，很是有趣！

此时，我切实意识到父母的言行对幼儿的影响！他们还无法辨别父母言行的好坏，只是觉得有趣，就去模仿，有些就慢慢内化了，这才有了“孩子是父母的镜子”一说。

言传身教，身行一例，胜似千言。

不要只看表面，只要认真生活，生活不会亏待你

爸爸昨天跟我说，是不是需要给哥哥找一些课外的英语材料读读、做做，他看他微信朋友圈里有些同龄小孩儿，都是英语小达人！他觉得哥哥的英语是几门科目里面最弱的，他有点着急了。

我说："当初不是你说的，他不喜欢英语，就不要强迫他，否则容易会让他对英语有抵触情绪？"

"那时是那时，现在是现在……"爸爸有点支支吾吾了。

我跟爸爸说了一下我的观点："现阶段不适合给哥哥的英语加量，他现在按部就班，跟上老师的节奏，就很好了。那些英语小达人，应该从很小的时候就开始学了，家长和小孩儿都下了不少功夫的。哥哥现在课余时间还要打网球，他需要放松的时间，不适合把时间占得太满，我们还是按照自己的节奏来。"

爸爸说："好吧，反正我也的确没时间和精力放在这上面。"

人很多时候的压力与焦虑来自横向比较，其实没有必要。别人努力展现出来的，有时候往往并不是真实的状态，或者看似轻松的成就，其实饱含了很多艰辛付出的。

所以，只管自己认认真真生活就好，会收获属于自己的果实的。

业精于勤而荒于嬉

哥哥跳绳跳“双飞”，一段时间不跳，就磕磕绊绊，连续跳不到几个。

然后再持续跳个几天，每次哪怕跳三五分钟，就能一次性跳个几十个。

这里的道理很简单，反复练习大概率是会带来进步的，但在家的状态难免有点懒懒的，包括我们自己。

于是想到“业精于勤而荒于嬉”，用于共勉。

孩子们的快乐很简单

昨天哥哥打完球到家，已经晚上七点多了，两个小时在球场，一个小时在路上，我心里其实是挺心疼他的，于是想犒劳他一下，问他还想吃点什么吗。

他试探性地问："我……能不能吃泡面？"

"哈哈，当然可以！安排！"我爽快地答应了。

哥哥开心地蹦了起来！

他听着故事，"呼噜呼噜"地吃着泡面，忽然冒出来一句："这种感觉，好幸福啊！"

我笑着看着他，心里想，孩子们的快乐真是简单！

如果一直能让快乐保持简单，应该就能成为一个常乐之人吧！

过犹不及

哥哥的网球鞋带到目前为止还是系得不是很好。

以前，他的鞋带在场上一松掉，我们就忙不迭地跑去给他系，后来爸爸还干脆给他换过一种不用系的松紧鞋带（发现太松，不合适）。

我们这些过于积极主动的行为，剥夺了哥哥自己实践的机会。

现在他是坚决抵制我们再在场上给他系鞋带的，他觉得有点丢人。他自己尽管系得很慢，而且还是容易松掉，但是，这是他独立完成的！

这再次给了我很好的提醒：对孩子的照顾，过犹不及！否则又是一个妥妥的“巨婴”。

永远拥有选择权的人生，就是最好的人生

昨天看到香港曾经的女演员陈慧珊去深圳教英语的新闻上了热搜，关键是用了“沦落到”这三个字！

陈慧珊是我最喜欢的女演员之一，她拥有名校高学历，经历了镁光灯以后，她选择去教英语，是“沦落”吗？！正因为她的努力、她的经历和她的视野给了她这些选择权！我心中非常有共鸣，是因为我内心一直在斗争，我有选择权，却没有做选择的勇气，因为我还没有摆脱别人的眼光。

从小的努力与奋斗，就是为了给自己的将来赢得更多的选择权和属于自己的时间。这是我一直跟哥哥讲的道理。

人外有人，天外有天；不忘初心，方得始终

球童妈妈们每次见面感慨最多的是，2012年男生里网球打得好的人太多了！

每次出去比赛，就会发现，高手如云！此时，有些妈妈就会很焦虑，因为觉得要杀出重围、出成绩，真是困难重重。

这时候我会提醒自己，让哥哥打球的初心就是身心的历练，只要他愿意坚持，我们就全力支持，不要为了所谓的成绩而盲目打鸡血。

善待生活，生活也会善待你

昨天晚上兄弟俩因为小事起了争执，哥哥说弟弟是小气鬼，弟弟就会立马跟着说哥哥是小气鬼，这样来来回回好几个回合，哥哥用了不少贬义词。

在陷入僵局的时候，爸爸出了个鬼点子，让哥哥说些褒义词！于是，哥哥说："你是英雄！"

弟弟立马气呼呼地也说："你是英雄！"

我们仨都笑翻了。

这就让我想到了生活，生活其实就像单纯幼稚的小娃娃，你怎么对它，它就怎么对你。

用心做事，才能把事情做好

爸爸做菜每次都能受到我们的称赞，尤其是哥哥，夸起老爸的厨艺，一点都不带含糊的！

哥哥问："老爸，你做菜怎么能这么好吃？"

爸爸脸颊微微上仰三十度，轻描淡写地说："做菜嘛，秘诀只有一个，就是用心去做。"

爸爸的这个秘诀，还挺有普适性的！

跌倒了，爬起来，就会成功！用牛顿的话支撑一下这个大家都懂的道理

哥哥期末考试，数学因为一处大意，成绩没有达到他对自己的期望值，哭得稀里哗啦的。

我宽慰他：“人生漫漫，哪有不摔跟头的？！如果从每个跟头里能汲取经验、获得动力，那每个跟头都是值得的！”

共勉！